硯城誌

《卷四》

典心

插畫／呀呀

Kadokawa Fantastic Novels DX

硯城誌《卷四》崑崙

目錄

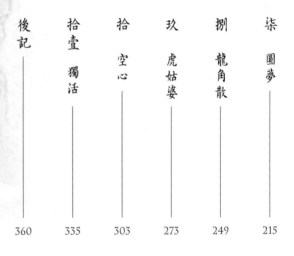

在遙遠的地方，最後一座終年積雪不化的雪山下，有著一座城。

城形如大硯，被稱硯城。

那座城景色優美、花木茂盛，家家戶戶前都流淌清澈的水。城裡住著人，以及非人，還有精怪與妖物，彼此相處還算融洽，維持著巧妙的平衡。

關於硯城的傳說，有的真、有的假；有的教人害怕、有的令人玩味不已，曾涉足過的人，回來後所說的都不同，人人各執一詞，彷彿拜訪過的是不同的城。

人們來來去去，唯有雪山屹立，靜靜看顧著硯城。

雪山護衛這座城。

雪山凝望這座城。

城內城外的種種，在雪山下一覽無遺。

傳說將被驗證。

故事，開始了。

壹

小人

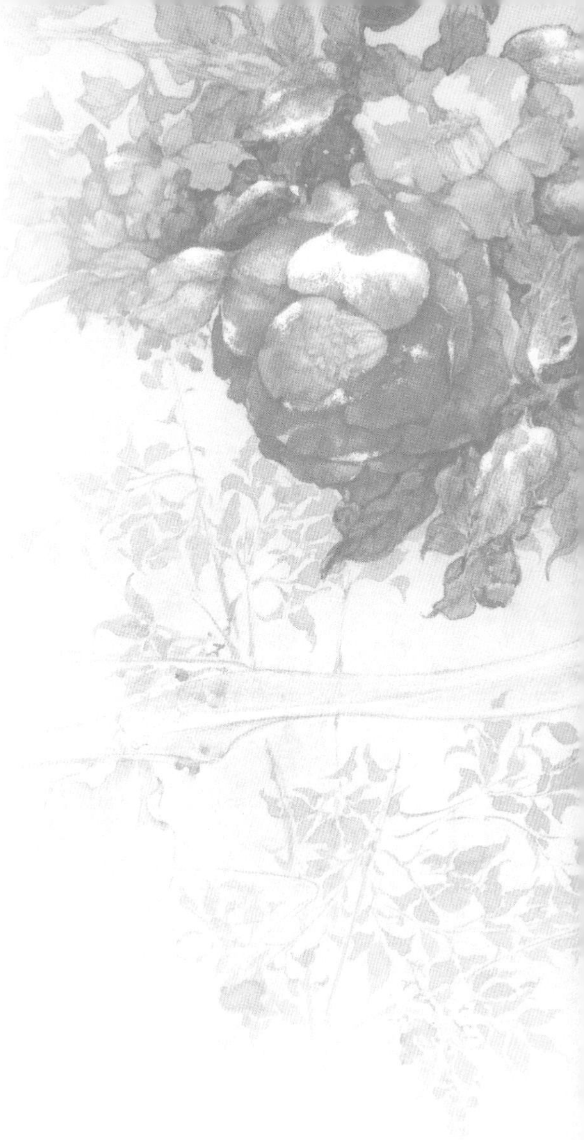

晴空朗朗，炙熱的陽光，讓硯城裡的人與非人們都換上薄透衣衫。豔陽下連綿十三峰的雪山巍峨壯麗，看來格外耀眼，最高峰形如展開的扇面，山腰處雲霧繚繞。白雪覆蓋的山脈，本體是最堅硬的黑色岩石，大山襯著雪色更顯黑白分明。

雪山的頂峰，原本終年積雪不化，卻在去年冬季因為一場惡鬥，震落頂峰的皚皚白雪，裸露的山巔如利刃刺向蒼穹，前所未有的異象讓硯城中人心惶惶、鬼心慌慌。

所幸，木府的主人迎來新的龍神，將邪穢打出硯城，霜雪結成的封印再度籠罩雪山，加上又有鸚鵡獻羽歸降，歷經一番惡戰，才讓硯城躲過一劫。

木府的主人，就是硯城的主人。

歷代的木府主人都很年輕，也都沒有名字，男的稱為公子，女的稱為姑娘。硯城內外不論是人與非人的事情，只要來求木府的主人，沒有不能解決的。

現任的木府主人，是個看似十六歲，卻又不是十六歲的女子。

這天，木府內熱鬧得很，一株株葉綠莖長的百合含苞待放，欣喜又誠惶誠恐的垂著花蕾，因為太過榮幸而瑟瑟輕抖，洩漏出縷縷清香，聞來沁人心脾。

一切都安排妥當後，穿著青衣、黑髮堆髻的年輕少婦款款走向大廳，行走時姿態如風擺楊柳，優雅好看。

「姑娘，」

她恭敬的喚著，輕盈的福了福身。

「都準備好了，請您移步到花園裡。」

坐在精緻圈椅裡，穿著素雅綢衣，猶有些許稚氣的少女，慵懶擱下手裡的繡框與銀針，恣意伸了個舒暢的懶腰，才輕輕應了一聲，聲音清脆悅耳，比銀鈴響動更好聽。

「好。」

她探出白嫩裸足，足尖尚未點地，無數繡線爭忙垂落交織，上前包覆承托，化做一雙繡鞋，捨不得她的雙足沾上半點灰塵。

輕巧的腳步走出大廳，鞋面上含苞茶花的刺繡被陽光一曬，就一朵又一朵綻放，嬌豔深紅的花瓣源源不絕落下，鋪灑在她走過的石磚，眷戀小巧的足跡。

庭院裡已經布置妥當，偌大的亭蓋下，擺放一張竹籐圈椅，坐起來透氣舒適，能遮蔽太炙熱的陽光，又能欣賞滿園景致。

她斂衣坐下，環顧四周的景致，欣喜的微微一笑，寬大衣袖下的細嫩指尖探出，在花苞上輕輕一點。

瞬間，百合們幸福至極的綻放，獻出最美的姿態，菲薄的花瓣嬌嫩細緻，朵朵都透著光暈，不論是麝香、編笠、宮燈、水仙、珠芽、細葉卷丹、豔紅鹿子與老鸛，各品種的百合，用盡全力的盛開再盛開，花香更芬芳馥郁。

過季的茶花，這才戀戀不捨的褪去，讓出鞋面上的位置，由絲線交織出秀麗的百合花樣。

硯城內外花木極多，都想討姑娘歡心，但百合寓意百年好合，自從姑娘與雷大馬鍋頭情投意合之後，每年都能享有一日特權，進到木府裡來獻上鮮妍花姿，以及肥碩甜美、色如象牙的鱗莖。

青衣女子捧來裝盛在水晶杯中，與柔膩銀耳共煮，冰得沁涼的百合銀耳羹奉上，是夏季裡上佳的消暑甜湯。

姑娘接過水晶杯，用桌案上的調羹輕舀，甜湯裡嫣紅的枸杞無聲翻動。整碗甜湯不論是色、香、味樣樣俱全，就連調羹也事先冰鎮過，設想得極致周全。

但是，調羹在甜湯中繞啊繞，卻始終沒有被舀放入口。

百合們眼巴巴的望著，全都等得焦急，卻又不敢鼓譟，緊張得蕊心的花粉紛紛飄落。

「姑娘，請問，是我哪兒做得不妥嗎？」

少婦忍不住戰戰兢兢說道，神態憂慮起來，生有軟軟絨毛，修長軟潤、柔和飽滿，肌膚白得透著些許淡青色的雙手，緊張的交握著，連衣裳都褪去顏色變得蒼白。

「請您直說，我即刻就改進。」

「妳做得很好，跟左手香在時做的沒有不同，只是……」

少女般粉潤的唇，吐出的聲音甜脆，語音裡滿是情意，難得略有一絲羞澀。

「這甜湯以往我總是跟雷剛一起喝，這會兒他不在，我才想先擱著，等他回來再一起吃。」

「是。」

少婦鬆了一口氣，衣衫才逐漸恢復青綠。

姑娘擱下調羹，雙眸清澄如水，神情猶有一分稚氣。

「左手香離開後，這些入藥添饌的事，連信妖都忙不過來，差點還把藥樓燒了，幸虧有妳回來幫忙，不然今天我就沒有甜湯可以吃了。」

左手香入魔叛離的事，被她簡簡單單帶過，甚至提得有些漫不經心。

「能夠回來服侍您，是我無上的光榮。」

少婦誠心誠意的說道。

少婦名為青兒，是丈夫柳源取的名。

她原本是木府裡的柳樹化身，曾因為得罪左手香，險些被煉藥的火燒成灰燼，是姑娘出手相救，才能跟以樹醫為職的丈夫結成連理。所以，當信妖登門求助，夫妻二話不說就答應。

「柳源呢？不是讓他也跟妳一塊兒進木府嗎？」

姑娘問道，長長的眼睫眨啊眨，眼裡浮現好奇。

「我跟信妖交代過，你們夫妻恩愛情深，千萬不能夠拆散分離。」

她太明瞭了。

情意深深時，相互依偎的甜美幸福。

以及，被拆散時的痛楚、分離時心蝕般的寂寞。

「信妖很盡責，做得很周全。」

青兒連忙說道，因為提起丈夫，雙頰上浮起淡淡嫣紅。

「相公是有事耽擱了，才沒能同日過來，吩咐我要跟姑娘致歉，處理完事情後，會盡快趕來。」

「是城裡哪兒有樹需要他去醫治嗎？」

姑娘問道，白嫩的指尖沿著水晶碗邊緣輕繞，透明水晶飄出冷霧，即使沒有沃冰，也維持剛取出冰窨時的溫度。

「倒也不是，跟醫樹無關。」

青兒搖了搖頭。

清澄的黑眸望了望迴廊，靜靜看了一會兒，連百合們也紛紛轉頭，陪著她等待，卻始終看不見心愛男人的身影。

雷剛尚未回來。

整個冬季跟整個春季裡，他都留在木府裡陪伴她，將她護衛在胸口，陪著她養傷，溫柔而嚴格的督促她喝藥，在她沉睡休憩時，提供強壯的懷抱，首次推卻商家的請託，舉薦了別人率領馬隊。

但是，即便不率領馬隊出城，魔化的公子與左手香不知所蹤，終究是揮之不去的隱患，城裡的人與非人們提心吊膽，有些事情說大不大、說小不小，不敢麻煩她，就用各種方式傳來請託，求他前去協助。

他的熱心腸，時常依偎在他胸懷中的她最是清楚。

當初他勤於奔走，是捨不得她太忙碌，人與非人們眼下依循舊例，卻不知今非昔比，眾人的體貼，卻是好心辦壞事，瓜分了她與他相處的時間。

往昔，他住在木府外，兩人相處時間短。

如今，他住在木府裡，兩人相處時間長。

習慣一旦養成，要改就難。因為太過習慣他的陪伴，感受不到他的體溫、他的胸懷，就覺得悵然若失……

粉潤的唇輕輕嘆了一口氣。

「這麼空等著多無趣，妳不如就把耽擱柳源的事說給我聽。」

姑娘收回視線，隨意的脫了繡鞋，曲起綢衣下的雙腳，小臉擱在膝上，微微的往左偏著，烏黑的長髮披散在背後，顯得更為稚氣。

「是。」

青兒不敢有所保留，開始一句句的說起，夏季時一樁惹得硯城裡人與非人們都難以安寧的事。

春季的時候，有個烏賊精黑瑩作亂，騙去不少房屋與土地，硯城裡多了許多新住客，占去房屋、店面以及墳地，到處都變得很擁擠。

雖然，黑龍殺了烏賊精，但是新來的住客手裡握有購屋或購地的合約，不肯搬遷或讓回，原有的人與非人都忿忿不平，卻也無可奈何。

有個叫陳森的男人，也是這件事的受害者之一。

他家居住在硯城很多代了，家境非常富有，為人卻很刻薄。

陳家在硯城內外有不少房產，原本都由熟悉的仲介代為出租，但是黑瑩上門遊說，自願收取較低的仲介金，他聽了暗自竊喜，貪圖較多的收入，跟來往數十年的仲介斷了合作。

事發之後，他才發現被黑瑩詐騙，硯城裡就數他損失最大，丟了眾多房子的物權、不少土地的地權。

陳森氣得全身顫抖，差點就要吐血，在家裡吃不下、睡不著，對妻子破口大罵，卻還是不能解恨，於是乾脆早早出門，到原本屬於他的物業前，陰沉著臉探看。

鋪著五色彩石的四方街廣場西側，有間糧食鋪子新開不久，匾額上繫的紅絹花顏色仍鮮，店門前陳列著許多好堅果，品項都是最好的，不論是新來的，或是舊有的人與非人們都來買，生意很是興隆。

陳森站在門口，瞪得雙眼都快跳出眼眶，想到從此收不到租金，連產權都丟失，一口氣就嚥不下，扯著嗓子憤恨的大聲嚷嚷：

「這間鋪子是我的！我的！」

店裡出來了一個中年人，身穿華麗衣裳，臉上堆滿了笑，態度和善誠懇，見了陳森的臭臉也不以為意，客客氣氣的問道：

「這位客倌，請問您大駕光臨，不知有什麼貴事？」

「哼，誰是你的客？」

陳森冷哼一聲，伸手指著門庭若市的店鋪，囂張的叫嚷著。

「這間店面是我陳家三代的祖業，竟被你這外來的傢伙侵占，還不快快收拾收拾滾出去，把店面給我還來。」

那人仍舊笑容不減，好聲好氣的回答：

「我姓翁，這鋪子就是在下買的。」

「什麼買？根本就是詐騙！那個姓黑的烏賊精騙了我。」

陳森愈說愈是惱火，伸得筆直的指尖，幾乎要戳到對方臉上。

「您口口聲聲說是騙，是不是能拿出真憑實據？」

對方一臉莞爾，話雖說得婉轉，卻是一針見血。

偏偏，陳森手上就是沒有憑據，只能氣得牙癢癢，索性坐在地上耍賴，也不管四周人們圍觀，就像是哭喪似的，雙手搥地痛哭：

「這還有天理嗎？我三房一照壁的好店門啊，內裡深還通風、門鋪寬又敞亮，被來路不明的傢伙占了，誰來評評理啊！」

他滿地打滾，又哭又叫，吵鬧得整座四方街廣場都聽得見。

這樣哭嚎了幾個時辰，連喉嚨都哭得啞了，翁掌櫃早就回屋，忙著接待一批批客人，根本沒有時間理會他。

狼狽又不甘心的陳森，弄得一身髒只落了個自討沒趣，恨恨的朝店鋪裡，滿臉是笑的翁掌櫃遠遠唾了一口，咬牙咒罵：

「你這傢伙不得好死！」

丟下這句話後，他拖著腳走開，到別處原本也屬於他，被同樣方式騙走的屋子前叫囂。

別的屋主也是新搬來的，卻不像翁掌櫃那般好脾氣，聽到陳森在門前叫嚷耍賴，正在煮飯的新屋主，立刻握著菜刀，怒氣沖沖的跑出來，邊罵邊追著要砍。

陳森是個欺軟怕硬的，看到菜刀就閉嘴，急忙從地上跳起來，灰頭土臉的落荒而逃，一口氣跑了好幾條街，連鞋子也掉了一隻，直到上氣不接下氣，實在是再也跑不動了，才躲在牆角，縮頭縮腦的回頭看。

這樣去了幾處，他不敢再耍賴，連咒罵也含在嘴裡，傍晚回到家裡後只覺得那些吐不出的字句像是深黑的膿液，混著短卻銳利的刺，從喉中瀰漫進身體，刺透到四肢百骸去，戳戮著五臟六腑。

這麼積累著實在難受，無能的他於是想了個法子宣洩。

他改在深夜裡出門。

偷偷的、靜靜的，到原本屬於自個兒的物業前，挖了個淺淺的洞，然後趴在地上對著洞低語：

「不得好死！」

他用最小的聲量、最惡毒的語氣說道，感覺深黑的膿液隨字句流淌出去。

「占我屋子的，不管是誰，全都不得好死！」

每一個深夜，他都到各處兜轉，罵了之後再把土填回去，刻意填得不著痕跡，白晝裡就算有人走過也看不出來。

說也奇怪，這麼做了一段時日，他飯吃得下、覺睡得香，心情跟身體都舒暢無比，甚至不再刻薄妻子。妻子見他言語和順，高興都來不及了，也就不去管他半夜去了哪裡，或是做了哪些事。

某一天晚上，陳森躡手躡腳的到來到四方街，那間看著就礙眼的糧行前，熟門熟路的找到平時灌溉惡言的地方，靠近著低語：

「不得好死！你們這些……」

話還沒說完，屋內突然發出慘叫，以及幾聲悶悶的聲響，像極了裝滿糧食的麻袋倒地的聲音，接著就靜了下來。

陳森瑟縮在原處，一動也不敢動。

夜深人靜是尋常事，但是不知怎麼的，屋裡的靜近乎死寂，連一丁點兒的聲息都沒有。

等了一會兒，冷汗涔涔的他站起身，攀住窗戶往裡頭探看，赫然看見屋裡躺了幾個人，個個雙眼圓睜，七孔都流出鮮血，其中一個就是穿著華麗的翁掌櫃，倒地的人都一樣，模樣很是悽慘，顯然都已經死去。

陳森嚇得跌落地，一手正巧不巧，就落在那個他日日傾吐惡言的淺洞。他連忙收回手，一邊往後爬，一邊恐慌的想翻身逃走。

只是，才逃了幾步，他就停了下來。

那麼好的店面，是他陳家三代的祖業。

那麼好的地點，三房一照壁的屋子，內裡深還通風、門鋪寬又敞亮，走遍硯城也很難有這麼好的物業……

惡膽逐漸壯大，貪婪淹沒恐慌，他轉過身去，來到店鋪門口，不知道是因為恐懼還是因為興奮而顫抖，雙手都汗濕。

一具屍首趴在門檻上，大概是在死前想逃走，好不容易開了大門卻還是難逃厄運。

這卻讓陳森得以輕鬆的登堂入室。

屋內布置得很豪華，雖然橫亙著不少屍首，但是他視若無睹，嘴角勾著夢幻般的笑，在屋裡恣意走動，探看翁掌櫃留下的錢財，還有數不清的珍藏，其中有個用錦緞包裝，一看就知道很貴重的禮盒，散發微微光亮，他原先想打開來看，但又貪婪過切，忙於瀏覽戰利品，於是略下不管，逕自看得眼花撩亂，心裡也樂開了花。

原來，真的是有效的。

他才不在意，這些人是不是被他咒死，或者是另有緣故，才會在一夜間慘死，只想到屬於他的房產，即將再回到手上，就覺得心滿意足。

深深的夜裡，他在死屍遍布的屋裡，欣喜不已的跳起舞來。

從那晚起，不少人與非人開始死去。

而且奇特的是，死去的都是新來的住民，個個胸懷裡都沒有了肝，一看就知道是被魔化的公子取食。

外來的人與非人，在硯城裡都沒有親朋好友，所以空出的房產，經過一番商議之後，都歸還給原有的主人。原本被流言吸引，貪慕不屬於自己的東西，妄想分食天地間最滋補之物，所以搬進硯城的人與非人，反倒成了公子的滋補，付出慘痛代價。

占了陳森物業的那些，死得比其他的都早。

即使拿回原有的眾多房產，他仍舊在夜裡出門，專挑外來的人與非人，之前從黑瑩手上得來的店鋪或房屋，偷偷挖了個淺洞，無限渴望的低語：

「在地契上寫我的名，把房子給我、把房子給我。」被貪婪腐蝕的心，吐出衷心惡咒，一句又一句的說著。

不久後，陳森收到不少房契，全是外來的人與非人在死前留下的，讓他在短短時日裡，就成了硯城裡房產最多的人，店鋪、房屋甚至墓地的舊主人，全都忿忿不平的找上門來。

「姓陳的，那屋子原本就是我的，我搬回去是理所當然，你怎麼能夠派人來貼封條？」

風韻猶存的王寡婦握著撕下的封條，氣沖沖的往地上一扔，還怒踩了幾下。

「以前是妳的，但是占住屋子的那人，在死前把屋子讓給我了。」

他從容的從桌上箱子翻找房契，因為數量實在太多，所以翻了好一會兒才找到。

「妳瞧瞧，上頭白紙黑字，寫得明明白白的。」

「你……」

王寡婦氣得臉色一陣白、一陣青。

「所以呢，妳要搬回去也不是不行，我們把租金談清楚，寫下租約、留下定金後，妳就能搬進去了。」

陳森彈著手裡的房契，笑得萬分得意。

「房子是我的，哪有還要向你租的道理！」

王寡婦連連跺腳，動作激烈得讓簪在髮間的銀簪，都甩落在地上。

「先前大夥兒都被黑瑩騙了，好不容易房子能空下，你怎麼反倒欺負起自己人？」

陳森才不在乎，捧著滿懷房契、地契，不懷好意的佞笑。

「廢話少說，妳不租就別浪費我的時間，外頭還有人等著呢。」

他揮著食指趕人，態度極度囂張。

「妳啊，就滾回去，繼續跟妳那外甥一家子，擠那間又小又破的茅草屋吧！」

王寡婦咬著唇，氣恨到極點，一時卻又想不出法子，只能恨恨瞪了陳森好一會兒，才拂袖離去。

這天陳家熱鬧得很，人與非人來來去去，有的威脅、有的哀求，還有的哭得一把鼻涕、一把眼淚，陳森依舊無動於衷。

事情傳出去後，有些人不肯讓他稱心如意，咬緊牙關忍受不便，還是留在擁擠的住處，不肯去向陳森低頭。

但是，還有許多人實在承受不住。

別說是人在屋簷下，不得不低頭。

就連鬼在別人家的屋簷下，吃著別人的香火，都不覺得香。

於是，陸續有許多人與非人，去向陳森租回原本的店面、房屋與墳地，而且還被收了很高的租金，卻也只能摸摸鼻子，敢怒不敢言的付出金錢或冥餉，才終於能回到睽違已久的家。

賺得荷包滿滿的陳森，過起闊綽的日子，不論吃的、穿的都要最頂尖的，他恣意妄為，春風得意的在硯城裡走動，絲毫不管人們憤恨的注目，以及對他鄙夷的竊竊私語。

囂張了一段時間，陳森逐漸覺得不對勁。

起先，是訂做的衣裳出錯。

明明是硯城裡最好的裁縫，為他訂做的好衣裳，布料透氣又柔軟，針腳更是細密得幾乎看不出來，足以看出裁縫用了十足十心血，偏偏穿來就是大了些，寬袖遮住雙手、褲子長得一邁步就被自個兒的鞋子踩住。

裁縫連連道歉，收回去又改了幾次，再送來的衣裳卻愈來愈離譜。

他想著，裁縫不知是跟哪個人或非人，嫉妒他腦筋好，賺了一筆橫財，故意要整他，才送來不合身的衣裳。

這麼一想，許多事倒是說得通了。

賣鞋的鞋販，故意拿較大的鞋子給他，害得他在五色彩石上跌了好幾次，雙膝都撞得破皮。

到客棧裡喝茶，端來的杯子也變大，讓他險些滑了手，在眾人面前丟臉。

但是，事情不只如此。

他的飯量變小，甚至覺得妻子也跟那些人聯手，故意把碗盤換成大的，吃得他又撐又累，回到臥房裡，卻連上床都困難，爬了幾次都還爬不上去，只得喊妻子來幫忙。

困惑的事情愈來愈多，在他背後指指點點的人們也有增無減。

直到有一天早上，他還半夢半醒，躺在床上瞇眼喊妻子，要她端些熱茶來喝了潤潤喉。他邊聽見妻子回應，邊伸著懶腰，一會兒之後驀地感覺到被一個巨大的陰影完全覆蓋。

那陰影好大好大，蓋得他看不見光，像是能輕易把他壓扁在床上。

「啊！」

陳森大聲驚叫，整張臉因為恐懼而扭曲，這時才看清陰影的真面目……那、那那那那、那竟是他結髮多年的妻子！

妻子的衣妝、髮型都沒變，但是體型卻變大了，就連她手裡的茶杯，在他眼裡也跟水桶沒兩樣。

「妳、妳怎麼變成這樣？」

他驚慌質問，卻見妻子露出欲言又止的神情，這些時日的種種不對勁，這才串連起來，他赫然醒悟。

變的不是妻子。

而是他！

他變小了。

陳森撲跌下床，顧不得過大的睡衣與睡褲都拖在地上。

怎麼回事？

怎麼回事？

這到底是怎麼回事？

為什麼他會變小？

一個念頭閃過腦海，那些夜夜去人們門前挖洞咒罵的回憶閃現，他咒了人，所以人死了，而如今……如今他變小……

難不成……難不成是……

他臉色慘白，哀嚎的衝出門去，遇到人就氣急敗壞的問：

「你是不是在背後罵我小人？」

他用盡最大的聲量質問，卻沒幾個人聽見，不知是置之不理，還是變小後，連聲音也低微。

他用惡咒得到房屋與土地，以為只有自己能做得到，還為此沾沾自喜。卻沒想到，那些對他懷恨的人與非人們，在他背後的議論同樣有效。

「到底是誰，在背後罵我是小人？」

他跑到四方街廣場上，聲嘶力竭的吶喊。

「是不是你？還是妳？還是你？」

來往的人與非人們，逐漸注意起他，卻沒有一個願意上前，只遠遠的看著，對自嘗惡果的陳森訕笑。

「真是名符其實的小人吶！」

「哈哈，真是報應！」

「可不是，太痛快了！」

先前被欺壓的人與非人們，毫不同情的取笑著。聽聞消息的王寡婦趕來，樂得呵呵直笑，輕蔑的低頭說道：

「你這欺人太甚的小人，現在可囂張不起來了吧？」

小人二字一出，陳森瞬間又縮小了些。

他驚慌的慘叫：

「住口！」

「我偏不。」

王寡婦冷哼，先深吸一口氣，才低下頭來，連珠砲似的說道：

「小人！小人！小人！小人！你這個小人！。」

陳森愈縮愈小，冷汗濕透過大的衣衫。

「我把房子都還給你們，求你們住口！住口！」

他瘋狂吶喊，縮小到衣衫滑落，再也遮蓋不住，全身光裸的站在衣領之中。

但是，就如他曾經下過的惡咒，說出的話語無法收回，形成強大力量反噬，人與非人們對他的咒罵，讓他落到這悽慘的地步。

不只是王寡婦，那些被逼著付租金的，也湊過來起鬨，朝著他喊叫，看著他愈縮愈小。

「小人！」

「小人！」

「小人！」

「住口！住口啊……」

小得像剛出生小貓的陳森，哭嚎著在人們腳邊奔逃，縮小的速度卻是愈來愈快，每踏出一步，就又縮小了一些，慘叫聲也逐漸變得微弱。

還沒有逃出四方街廣場，赤裸的陳森就縮小得肉眼難見，人與非人們再也看不見他的蹤影。

青兒把這樁奇事說得很仔細，末了才又說道：

「硯城裡許多人與非人，都在忙著搬回舊處，相公也去幫忙，所以才會有所耽擱。」

原本收膝坐在籐圈椅的姑娘，伸開雙手，挺起綢衣下的纖腰，慢慢的舒展身子。百合們也隨之伸展綠葉，直莖彎彎，灑落點點鮮黃的花粉，一會兒才跟著恢復原狀。

「陳森的貪婪，讓惡咒成真。」

她明白。

人與非人對他的憤恨，讓他同樣在言咒下消失無形。

言語的力量，萬萬不可忽視。

她太明白了。

「他先前所得的物件，他妻子不敢私藏，怕其中有異，知道相公跟木府淵源較深，就去請託相公去過目。」

青兒一口一個相公，因嘴上提著柳源，心裡就泛甜。

「有見到什麼不妥之物嗎？」

清澄雙眸眨了眨。

「倒也沒有。」

青兒回答，稍微停頓一會兒，覷瞧姑娘的神色，確定小臉上只有好奇，才敢繼續往下說：

「不過，卻有一件是希罕的。」

柳源之前就常聽她提起，木府裡的種種事物，加上這陣子夫妻搬回木府，在耳濡目染下，漸漸就分辨得出，哪些物件是特殊的。

少婦下定決心，跪了下來。

「青兒冒昧，要先求姑娘一件事。」

姑娘有些訝異，跟著才露出微笑，指著百合銀耳羹說道：

「我都吃了妳煮的羹，還有什麼是不能答應的嗎？」

她揮了揮手，周圍的百合莖葉就挪湊過去，將少婦攙扶起來。

「請您原諒，我相公擅自作主，將那件希罕物擅自帶回木府。」

少女的粉潤紅唇，噗哧一笑，很是歡欣。

「好啊，夫妻情深，妳倒是替柳源想得周全。」

她對青兒更加放心，知道這份細心，能填補左手香叛離的損失。

「是什麼希罕物，快拿來讓我瞧瞧。」

心思縝密的青兒，這才轉過身去，給從剛剛就等到這會兒的灰衣丫鬟，遞了個眼色，錦緞包裝的貴重禮盒，被慎重的捧過來，再由她接來奉上。

因為禮盒散發的微光，讓細膩雙手上的絨毛也染了光。

「幫我開。」

嫩軟的聲音說道。

百合莖葉連忙伸長又伸長，綠而有光澤的葉很靈巧，用葉的尖端旋開蓋扣，再用脈絡深綠的葉面們合力，將盒蓋無聲翻開。

滑順的布料被疊好，慎重放置在盒裡，在日光下更顯瑩潤，那質地就連姑娘也輕輕咦了一聲，稍稍坐直身子，還伸出手來，親自取到面前。

「當真是希罕的。」

嫩軟指尖摩挲著布，一碰就知曉。

「這是白鴉羽毛織成的布，我雖然曾見過，卻沒見過這麼好的。」

經線緯線摩擦著，發出只有她才能聽見聲音，訴說出被紡織時，殘存在其中的記憶。

清澄瞳眸裡的歡欣，一點一點的褪去。

青兒跟百合們沒有察覺，仍在為姑娘手中，以及盒裡的其他布料驚嘆不已。

「盒裡的這塊，是不是跟您手中的不同，稍微有些粉紅？」顏色差距很少，要是分開來看，倒也看不出來。

「白鴉為了跟情人相守，啄羽織得太急，皮上裸露出傷口，織出的布混入血，才會粉紅了一些。」

純白的布料落在綢衣上，小手將第二塊布拾起，看見盒裡的第三塊布，又更粉紅了一些。

聽見白鴉情深，深情的青兒嘆息：

「我懂。」

曾經，她也為情，險些魂飛魄散。

「這翁掌櫃是有心的，買來這些布，是預備要給我做件氅衣。」

聽著布料低語，姑娘喃喃說著。

並不是所有外來的人與非人，都懷著不好心思，也有真想在硯城落地生根，踏實過日子的。

可惜，陳森的惡言，將翁家糧行的人們都給咒死了。

她拿起盒底，再粉紅些的那塊布，靜靜撫摸了一會兒，才抬起頭來，難得親自動手將三塊布逐一疊好，都放進禮盒裡，再蓋上盒蓋。

「即便是三塊也能做衣裳。」她說道。

「這會兒天熱，妳先拿去收好，等天冷時我再拿來裁剪，穿來一定暖和。」

「是。」

青兒捧著禮盒，剛要轉身，卻踏出半步後，又張口出聲：

「姑娘。」

「嗯？」

少女模樣的她，有些怔然。

「敢問白鴉的情人，喚做什麼名？」

布料珍奇，所關的事也不凡，少婦多情就冒膽問得多了些。

「商君。」

嬌脆的聲音說著，少婦與整院的百合們都傾聽。

「他住在雪山山麓，撿拾乾柴為生，因救助受傷的白鴉，從此結緣有情。

他用這些布料，跟翁掌櫃換得不少黃金，還有上乘的堅果。

發現白鴉淩霄化身成人，啄羽織出這些布料，商君深受感動，起誓永遠都要在一起。」

姑娘只說到這裡。

「太好了。」

少婦聽到有情人終成眷屬，跟著慶喜不已。

「我這就去把布料收好。」

她走出庭院，青色的背影隨著走遠，顏色就愈是淡去。

這樣就好。

青兒只要知道這樣，就足夠了。

商君與白鴉的結局，她不必知曉，就不會心碎。

姑娘伸手端起水晶碗，沁涼的溫度從手心，直傳遞到胸口。失卻心愛男人的懷抱，即使是炎熱夏日，她也覺得有些冷。

佯裝因病假死時，白鴉慘死的哀啼，她至今忘不掉。

是化做龍神歸來的見紅，以水化做白雪，埋葬山麓上染著紅膩鴉血的羽毛，跟黃金與堅果。

白鴉已被公子發現，慘死在魔爪下，商君為了守誓，在魔爪上撞破頭死去，還被公子吞食入腹。

他們不像青兒與柳源。

他們有情，卻無法廝守終生。

魔沒有放過他們。

當然，更不會放過她。

姑娘握住水晶杯的手，緊握到指節漸漸蒼白。

陳森死於惡言，那麼，魔的語言又有多大的咒力？

春季的最後一夜，被她用連環計，逼得步步敗退，連魔心都被奪去的公子，用滿是邪濃惡意的語氣，對著雷剛說道：

她在騙你。

魔一邊哭、一邊笑，專心致意的散播出懷疑的種子。

就像她當初，騙她的丈夫，那個大妖一樣。

雷剛是她心之所愛，也是她的弱點。他的胸膛是她最信任的懷抱，只要跟他相互依偎，她就能無所畏懼。

但是，聽了魔言之後的他，能再毫無保留的相信她嗎？

商君為守情誓，甘願與白鴉一同赴死。而雷剛已經為了她死過，如今不是人，而是個鬼，歸來的公子不知他鬼名，才不能操縱雷剛殺她。

雷剛信她愛她，即使知道她曾與大妖婚配，也不管不顧，不僅為她分擔許多事，還在最危難時，以鬼魂之軀保護她，讓自己暴露在魔爪下……

極為緩慢的，她端起水晶杯，湊到粉潤雙唇旁，輕輕啜了一口。這是她與雷剛情投意合以來，第一次獨自飲下甜湯。

沒有心愛的男人在身旁，再可口的甜湯，嘗來也索然無味。

「把這些都撤下去吧，」

她淡淡的說，重新坐回籐圈椅上。

「我想要靜一靜。」

白嫩的小手輕揮，不能取悅她的百合們紛紛低垂，自責的逐一枯萎，木府裡的庭院罕見的寂寥蕭瑟。

灰衣丫鬟們不敢多問，收拾只喝了一口的甜湯，無聲無息的退下，不敢打擾姑娘。

庭院變得空靜，只有她坐在那兒，偏頭想著。

就算雪山坍塌、硯城破碎，花不再是花、沙不再是沙，存在的一切都不存在，只要雷剛的心裡有她，她就不消不滅，能化解千難萬險，即使對抗魔化的公子與左手香，以及那些同謀，她也不畏懼。

就怕，

就怕……

她淺淺一笑，沒有人與非人瞧見，粉潤唇瓣上極為難見的苦澀。

這事只有自己知道。

她也是會怕的。

而且很怕。

太怕了。

她必須有所行動，才能牢固雷剛的心。

否則，她會失去他。

也會失去自己。

貳

人言

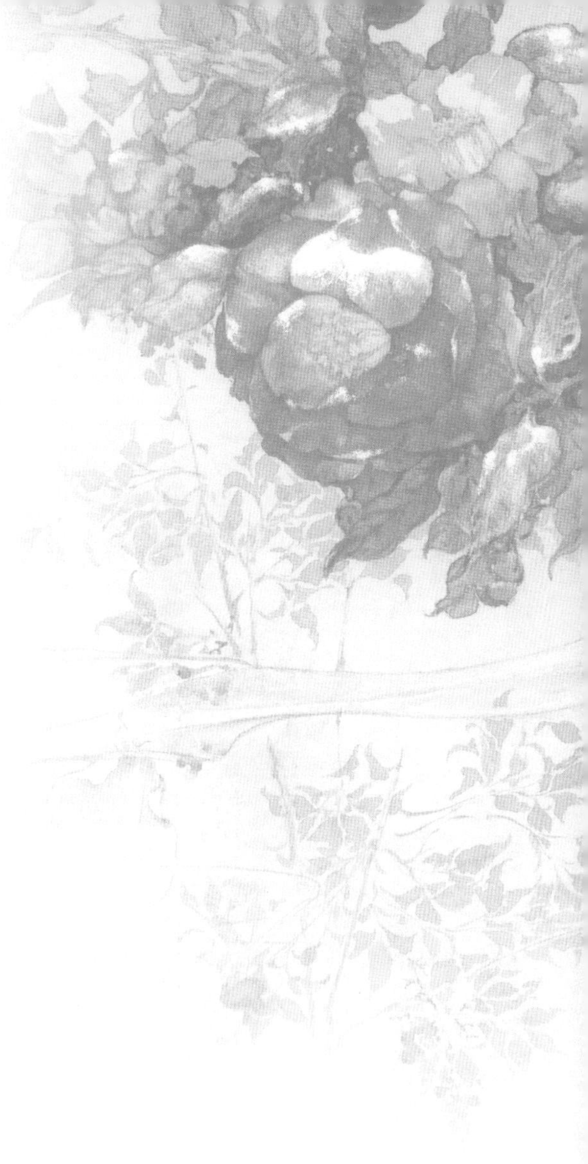

雪山下、硯城裡。

今日，四方街廣場少了遮蔽豔陽的大紅傘們，大大小小的攤販都沒有出攤；廣場四周的店鋪，不論是酒家、飯館、藥鋪、字畫店等等，也全都閉門歇業。

只是，雖說休市，但各間店鋪門口仍排著不少人，靠廣場營生的攤商與店主伙計們，難得攜家帶眷前來，大大小小全都挽起袖子，個個伸長脖子，往木府的方向看去，耐心的等待著。

站在水閘旁的蛇妖，雖化作人形，脖子卻還能伸得較長，率先就看見有個穿白衣的男人遠遠走來。蛇顎陡然落下，原本想喊來人了，卻又緊急收聲，張著大大的嘴猛吸氣，分岔的紅紅蛇信抖啊抖的。

白衣男人模樣斯文好看，步履不快也不慢，神態趾高氣揚，享受一雙雙緊盯著他看的目光，直到走到廣場中心才停住，裝模作樣的清了清喉嚨，才朗聲喊道：

「奉姑娘之命，」

他的聲音傳遍四周。

「關閘！」

號令一出，廣場西側水閘旁最先開始忙碌起來。

精壯結實的男人們，扛起厚重木板逐一堆疊起來，將奔騰的水流截住，水位逐漸升高，當水閘關住時，清澈的水流已漫流出水道，順著廣場幾乎察覺不到的坡度，濡溼一塊又一塊五彩花石。

等待已久的人們，歡呼著迎接水流，各自拿起高粱桿或乾竹枝做的掃把，刷洗起集市與街道。

這是由來已久的規矩，每旬有一日，由木府的主人下令，關閘攔截清澈冷冽的水流，用以清潔集市與街道，才能讓幾乎日日人潮如織的廣場保持潔淨。號令本來是由硬眉硬眼的灰衣人來宣告，但灰衣人沾水就軟了，化作灰色紙人，次次有去無回，而信妖愛顯擺又不怕水，一心想討好姑娘，就自個兒討這差事來做。

不論人或非人，都很重視這日子，畢竟不論吃喝玩樂、生老病死，只要住在硯城裡的都離不開四方街。

有些貪玩的孩子，不怕水流冰冷，脫了鞋在水面上踩踏玩耍，濺出朵朵水花，笑聲不絕於耳。

因為每旬都如此打掃，大夥兒日常也懂得保持潔淨，做生意時要是有廢品或穢物都會小心提走，不敢留在廣場上，所以清潔起來並不困難，刷洗的大多是細細泥沙，沒有人抱怨休市還要勞作，反倒刷洗得一個比一個更起勁。

隨著水流而來的，還有一些水族。

各色游魚川流其中，避開被泥沙染汙的水，只跟隨淨水游走。廣場愈是往下，淨水就愈是收窄，水族們能游走的路徑也收小。

有個孩子就等在水流窄處，雙眼睜得又圓又大，彎腰等了好一會兒，突然半身撲進水裡，抓出一隻甲殼晶瑩的蝦子，樂得拎起蝦鬚擺動。

氣憤的蝦子用力伸縮，無奈受制於人，只能激出幾滴水抗議。

「快來看，我抓到了！」孩子大叫著。

其他嬉戲的孩子們，沒有奔上前依樣捕撈水族，而是全都呆立不動，詫異的嘴巴開開。其中有個聰明的，朝拎蝦的玩伴猛搖頭，還沒能出聲警告，有個大人已經快快靠過去。

那人掄起拳頭，用力敲下去，賞了嘻笑的孩子一個爆栗。

吃痛的孩子倏地縮起身子，蝦子覷得機會，扭身自斷一鬚，撲通落回水中，一邊咕嚕嚕吐出水泡咒罵，一邊急急忙忙逃命去了。

「水族都歸黑龍管轄，碰都不能碰。你有幾條命，得罪得起黑龍？」大人鐵青著臉喝叱，揮著掃把往角落指去。

「去，給我去罰站！」

誤觸禁忌的孩子，摸著頭上腫起的痛包，垂頭喪氣的走到角落，被迫遠離人群，只能眼巴巴的看著同伴們繼續玩耍。

想起手裡還有根蝦鬚，他連忙抖抖手，把蝦鬚扔回水中，慢半拍的默默祈禱，希望蝦子別去跟黑龍告狀。

就在這個時候，他身後傳來一聲無限懊悔的苦嘆，嚇得他全身都起了雞皮疙瘩，還以為黑龍此時就要來問罪，連忙轉過身去，卻只見一個病懨懨的男人，瘦削的臉頰紅得不尋常，雙眼發直的望著流水。

「大叔，你也在這裡罰站？」

他好奇的問。

「是啊。」

男人深深嘆了一口氣，淚水湧出眼眶，潤濕泛紅雙頰，語帶哭音的說道：

「只是，我犯的錯比你重太多太多了。」

「你也抓了蝦？」

「不，我是抓了魚。」

悔恨的淚水，一滴滴落進水裡。

然後，男人說了起來。

男人名為呂登，是硯城裡的富戶。

他家幾代前某個先祖，原本是馬隊一員，勤奮又有眼光。每回馬隊出門，都要走上幾百里，翻過一座又一座大山，再走下陡峭山壁，才能到大江旁鹽井處，跟那裡的人家以皮草或茶葉，或是銀錢等等換購得曬好的鹽。

但這樣換來的鹽，次次品質都不同，他於是攢了一筆積蓄後，就到大江旁買下一處鹽泉，在當地住下來，用滷水慢慢嘗試，幾次後果然曬出極好的鹽，家境就此好轉。

到了上一代，又將大筆錢財，在硯城內外買下許多田產與房屋，從此收租度日，又富裕許多。

到了這一輩，兄長們年年輪流去製鹽，或是拿自家優質的鹽到別處去販售，但呂登生來腿腳有病，走路不太利索，但勝在心思活絡，於是就留在硯城裡負責收租。

日子過得舒服，吃穿都不愁，而他有個嗜好，就是愛吃魚。

家裡換著方式烹調，有裹在荷葉裡、包上厚鹽去烤的，有用蜜、醋與鹽醃漬後再以油煎的，有用蓼草塞入乾淨魚腹、鋪上魚卵去燒的，還有去魚頭尾、除刺後切成丁，用酒、醬、香料拌均勻後，填入嫩嫩蓮藕裡再蒸熟的。

另外也做魚醬，氽魚丸，做魚凍，製魚鮓，以及曬魚乾等等。只是吃來吃去，呂登還是覺得，蒸魚最是美味。

蒸魚最講求的是魚得要鮮。

他嫌棄家中爐灶的火不夠旺，鮮魚蒸得太久，魚肉就不夠鮮嫩，就讓人在院子裡起了個石灶，還不用荷木柴，特別去買松枝柴。

要是得了鮮魚，他就親自動手，將魚處理乾淨，只用醋跟黃酒簡單調味，放進籠屜後，用猛火燒到八分熟就快快取出，這時魚雖離火，但肉裡仍有熱力，骨肉尚未分離，靠近魚骨處肉還見淡淡粉紅。

他總從魚鰭或魚腹下筷，讓餘溫將魚染透，待到吃到魚背處時，肉厚的部分也沃得熟了，才能整尾都吃來口口都嫩滑無比。

要是滿足於這麼吃，那也就沒事了。

偏偏，有次四方街關閘放水時，他恰巧要去收租，遇見那條鱸魚。

通體灰黑的鱸魚巨口細鱗，沒能跟水流退去，在廣場冷僻角落無助的跳動掙扎，肥厚魚身在五色彩石上噼啪有聲，焦急的想引起注意，盼獲一臂之力送回河道裡去，才好順流游回黑龍潭。

燦爛的陽光下，還濕潤的魚身彷彿遍體生光，鰓蓋膜上各有兩條斜斜橘紅，眼瞳裡也閃耀金紅色光輝。

呂登彎下身去，雙手剛碰到活魚，整個人就停住了。

他原本也想將鱸魚放回水裡，但是指尖一碰，經驗老到的他就知道這鱸魚肥瘦正好，是最美味的時候。

之後的事，他記憶就模糊了。

再清醒過來時，他不知怎麼已回到家中，懷裡還緊抱著鱸魚，瘸腿隱隱痠痛。

這條鱸魚太大，無法整尾裝籠去蒸，他用顫抖的手舉起刀來，砍掉魚頭後，指上沾了些碎肉，不自覺的往嘴裡放，用同樣顫抖的舌頭去品嘗。這一吃，鮮味如銳利驚雷，直竄入腦中，銷魂得近乎痛楚。

他撕去魚皮，將魚肉剁得碎碎的，顧不上用什麼調料，直接就往嘴裡塞，魚肉入口，口感嫩中帶脆，咀嚼時還帶著彈性。

為了掩藏偷魚的罪行，還有這異樣美味，他吃得很快又很貪婪，吞嚥時地上被丟棄的魚嘴還在一張一閉。

事後，他把殘餘的魚骨、魚頭跟內臟，全都埋在院子裡，也不管白日高懸，回屋鑽進被子裡，反覆回味珍饈滋味，連收租都忘得一乾二淨，像是三魂七魄都跑了一半。

蒸魚再也不能滿足他。

魚生鮮美的味道、無與倫比的口感，日夜盤桓在腦中，讓他口涎流得長長的，只能流了又擦、擦了再流，直到連衣領濕了也不自覺，舌頭總蠕動著，妄想得太真實，在回憶中將那鱸魚吃了一次又一次。

記憶總會淡去，但，慾望卻是愈飢渴就愈是濃烈。

終於，饞蟲連理智也啃食殆盡。

下一句闕閘時，他就去四方街附近尋找。不碰隨水而來的水族，是眾人記在心裡、掛在嘴邊的規矩，真要撈取其實容易得很，他這回也沒落空，再抱了一尾活魚匆匆回家處理，快快進了肚腹。

只是，動作太急，沒能好好挑選，這次的魚生滋味，就略遜先前那次。

他知道了比較，追求就更高了，逐漸連禁忌都拋在腦後。

為了得到鮮魚，他搬出白花花的銀兩，要人幫著在關閘時，幫他撈捕鮮魚，才好讓他逐一挑選，重現最初的齒頰留香。

一開始大夥兒都指責他，連家人也苦口婆心的勸。

「你可要當心，碰了水族，黑龍要發怒的。」

母親說著，愁得皺紋更深，連飯都吃不下。

「黑龍？」

他不以為然，還聳了聳肩，因惦記著那美味，就什麼也聽不進。

「黑龍還被銀簪釘著，封在潭底不見天日，自身都難保了，哪裡還管得到我？」

「雖說如此，立下的規矩總是有道理的，你吃了一次沒事算運氣好，再吃說不定就要出事。」

父親說著，嘴角往下垂，連睡都睡不著。

黑龍百年不見蹤跡，威嚇力早就淡了。

何況，呂家有的是鹽一般白花花的銀兩，還有那麼多田產與房屋，父母對這瘸腿的么兒，終究是狠不下心，於是有貪財膽大的，或是想巴結呂登，想在往後能用好價錢，租下好地段的房屋的人，思量過後都爭著搶著，為他捕撈鮮魚。

有了選擇後，他就每次都能好整以暇，挑出最是肥瘦適中的鮮魚。

這麼美美的吃了幾次，鎮守鹽田的大哥，卻聽見消息趕回來，差點把胯下的馬騎得累死，進了家就板起臉來。

「爹娘順著你，我可不能讓你胡來。」長兄如父，他願意扮黑臉，就是要攔著，雖說也寵著么弟，但更不忍父母擔憂。

「我就是要吃。」呂登已食髓知味，固執得很，不惜頂撞大哥。

「不行！」大哥瞪著么弟。

呂登睜大雙眼反瞪回去，說道：

「那我就什麼都不吃。」

他說到做到，當真那天後就此絕食。

家人煮了豐盛的菜餚，他看也不看。

就連以往的煎魚、煮魚、醃魚、魚醬，以及魚丸、魚凍、魚鮓、魚乾等等，他也不肯入口。

蒸得恰到好處的魚，他聞著甚至嘔出膽水來。

好好的一個人，就這麼餓得愈來愈瘦，只剩皮包骨了，父母都在床邊哭，雙眼幾乎要哭瞎，大哥只能嘆了口氣，在某次關鬧時，無奈的說道：

「你真要吃，那就去吃吧！」

聽見大哥答應，原本餓得快斷氣的呂登，立刻雙眼放光，迅速跳下床去，奔到外頭去買鮮魚，雖然骨瘦如柴，還拖著一隻瘸腿，但動作卻比健康的人更俐落。

再無阻攔的他，終於可以肆無忌憚。

為他送鮮魚來的人與非人很多，能好整以暇的挑選，再用磨得能吹毛斷髮的鋒利菜刀殺魚，那刀與雙手都先冰鎮過，慎重得近乎恭敬，去掉鮮魚頭尾，才將細緻的魚肉一塊塊，很薄很薄的切下來。

鮮生的魚，肉身晶瑩似雪，肉間紅絲豔若胭脂，擺放在瓷盤上，看在他眼中比滿山盛開的花更美。

剛開始時只沾一點點鹽，後來漸漸變化，春季用嫩蔥白，秋季用脆芥心，吃時用魚片捲起來，放在舌上再慢慢咀嚼，享受得眼神迷離、筋酥骨軟。

雖然，還是有人非議他的行徑，但他食慾太過，耽溺得不顧一切，吃了一條又一條鮮魚，還把心得都寫下來，想著積累夠多後，就去找陳家書鋪，用城西蔡家做的紙，印成書來贈送，宣傳魚生的美味。

為了早做籌謀，他還先去蔡家，仔細挑了又挑，即使價錢昂貴也不管，不論書封或內頁，選定的都是最貴的紙張，預備之後做書用。

蔡家幾代製紙，用的是清澈的雪山之水，對原料、製作各環節處處上心，不論在硯城內外都有好名聲，因為呂登選的紙張，製作手續繁複得很，僅次送進木府，讓木府主人使用的紙。

送進木府的紙，是不能斷的。

於是，蔡家跟呂登說好，需要一年後才能交貨。

呂登想也不想就答應，覺得蔡家對紙的講究，很對他的脾性，於是也不事先付定錢，而是豪爽的一次就把全額付完。

只是，心得還沒寫足，他的身體就漸漸有了異狀。

剛開始時，僅僅是臉色泛紅。

因為是吃著最愛的吃食，所以日子過得舒心，以為因此臉色紅潤，見到他的人與非人也都誇他氣色好，於是就沒放心上。

但是，除此之外，他卻總覺得，心情不再像以前開朗，脾氣也變差了。

有次去收租，租客是位長者，因為年紀大疏忽了，那日忘了先備好銀錢，他就酸溜溜的說，是忘了倒還好，別是存心想賴了，氣得長輩一口氣提不上來，當場就昏了過去，還好是左鄰右舍瞧見，趕過來又是掐人中、又是灌熱茶，才沒讓長輩當場從人變成了鬼。

人們礙著他家財多，表面上不說什麼，但瞧他的眼光都不同了。

父母也說他，不該對長輩苛刻，他聽了更厭煩，放聲大吵大喊，連鄰居們都聽得見，鬧得比先前要吃魚生時更厲害。

呂登開始沒日沒夜的覺得心煩意亂，不論是腦子還是胸腹，都在隱隱發痛，就連吃著最愛的魚生，也覺得不再美味，彷彿吃下的魚生都未能消化，在他腹裡又聚合，成了活鮮鮮的魚，在他體內歡欣游走，數量還愈來愈多，從腹內堆堵到喉間。

終於，別說是魚生，他連水都喝不下，每天只能抱著肚子，在床上翻滾呻吟，嘴巴像那些被丟棄的魚頭，無力的一張一閉。

父母看著焦急不已，把城裡的大夫們逐一請來看診，但是望、聞、問、切不知幾次，都說呂登的病症，是從未見過的，無法著手治療，個個連診金都不拿就走了。

「你啊，是犯了忌諱，所以招罰了。」

母親看得透透的，對么兒無可奈何，趴伏在床邊哭啊哭，即使家有萬貫家財，還是操碎了心。

「那不如到黑龍潭旁去祭拜，看看能否求得原諒？」

父親哽咽的提議，摟著瘦骨嶙峋的妻，也是茶飯不進，氣么兒自作自受，偏是血緣至親，心上的一塊肉，割不斷、捨不下。

「不都說黑龍被封印，當初就沒能管，如今去求還能怎樣？」

母親癱在丈夫懷裡哭，看兒子病成這樣，就恨不得自個兒不能為他疼、為他痛，就算折壽也心甘情願。

還是長兄清醒，提出主意來：

「我說，咱們得去木府求公子。」

木府的主人，就是硯城的主人。

歷任木府的主人都很年輕，也都沒有名字，男的稱為公子，女的稱為姑娘。城內外若是遇上難解的事，只要去求求木府的主人，沒有不能解決的。

現任的木府主人，是容貌俊逸如仙的男人，娶的妻子柳眉彎彎，肌膚溫潤如玉，雙眸像是最美的夢，被尊稱做夫人，夫妻很是恩愛。

公子性格喜怒無常，人與非人都很是懼怕，但夫人溫柔善良，人與非人很快就知道，去求夫人也是個好辦法，於是不論有事或是無事，送進木府裡給夫人的禮物總是比給公子的多，公子非但沒有發怒，還會獎賞送禮的人。

為了替呂登求得一線生機，呂家連忙去採購最好的胭脂水粉、綢緞首飾，都送進木府去。

但是，接連送了幾次，木府卻還音信全無，一家上下急得團團轉。

就在這個時候，遠在外地販鹽，一年多未見的二哥突然回來，慎重捧著一本皮革包裹的書。

「我之前運鹽出硯城後，在大雪裡迷了路。」

事態緊急，他說得很快，略過很多細節。

「有個女人在大雪裡救了我，讓我避雪取暖，她好看得很，我們就定情了。她陪我去賣鹽，本想著賣完這批鹽就一起回來。」

因為尚未成親，就已有夫妻之實，二哥俊朗的臉頰有些微紅。

家人們沒怎麼在意，聽他繼續說。

「上個月時，她有幾天幾夜不見蹤影，回來時模樣很疲憊，像是大病過一場。」

他指著桌上的書，又看了看病得瀕死的么弟，雖然困惑仍說道：

「她交給我這本書，要我快快回硯城，說是速度要是夠快的話，說不定還能趕得上救小弟一命。」

家人們圍觀在桌邊，爹娘眼淚也停了，一起用濕潤紅腫的眼看著，那本不知用什麼材質製成的書。

包書的皮革染得漆黑，但看又不像是事先染過，而是被書從內滲透的。而且看了一會兒，還能瞧得見，皮革下隱約有詭異起伏，稍微翻開皮革，就有瀝青般黑黏黏的液體滲出，味道格外腥臭難聞。

束手無策的呂家，只能死馬當活馬醫，寄望未曾謀面，卻不知怎麼會知悉么兒得病的女子，將皮革連書送進木府。

不到兩個時辰，就有奴僕來通傳公子命令，將呂登抬進木府。

三魂飄飄、七魄蕩蕩的呂登，神智陷在無盡黑暗裡，身子輕得沒有重量，四周有彷彿游魚似的物體，推著他、頂著他，讓他不由自主往更黑暗的地方前去。

驀地，一聲霹靂之聲響起。

「回來。」

游魚般的物體陡然消失，他乍然從黑暗中跌落再跌落，張嘴無聲尖叫著，落到重重摔地時，眼前陡然大亮，他大口喘著氣，原本飄忽忽的三魂七魄，重新落回軀體裡。

四周景物完全陌生，他只意識到，自己躺在一間大廳的地上，布置雅致又隆重，雖然瞧得見窗花外的陽光，但大廳內卻格外冷。

「兒啊……」

母親跪在一旁，哭得淚眼婆娑，落進他嘴裡，比任何鹽嘗來都鹹苦萬倍。

「娘，我、我——」

剛想說話，體內莫名活躍的東西就湧上來，堵住他的言語，甚至是呼吸，他只能瞪著凸出的眼，身體如離水的魚撲騰。

母親連忙轉了個方向，朝著大廳裡，一身燦燦白袍，眉目俊逸難言，被一圈黏膩漆黑、懸浮在半空中，似字非字的莫名符文包圍的年輕男人磕頭。

那黑膩膩的物質，緩慢流淌變換，雖然一點一滴的落下，將石磚腐蝕出一個坑洞。但這些點滴汙膩，落到男人的白袍時，卻陡然迸成七彩光暈，在他身旁依戀的、崇敬的輕輕飛舞，不敢濺汙他的衣衫。

「求公子救救我兒、求公子救救我兒！」

呂母重重磕頭，反覆懇求著，磕得額上都碰傷，流出的血染了磚。

公子連看都沒看婦人一眼，唇上帶著笑意，俊美得能顛倒眾生，潤如白玉的手輕揮，綻放更耀眼的光芒。桌上的書又脫了一頁，輕輕抖動著，空中流淌的黑膩逐漸改變，跟前頁截然不同，更複雜、更漆黑。

呂母又磕了個響頭。

「求公子……」

好聽的嗓音，毫不隱藏不耐，只說了個字：

「停。」

呂登突然又能呼吸。

那些在體內游走的、翻騰的，截堵他語言與氣息的力量，因為喝令的強大力量而靜止，他身體還因迴盪的嗡鳴聲，不由自主擺動。原本深入骨髓，貫穿入肉的劇痛，以及堵塞呼吸的窒息感都停止。

「這書是怎麼來的？」

公子一手撐著下顎，興味盎然的觀看符文，隨著他指尖輕動，符文欣喜的抖動著，再分化出第二圈，在他眼前呈現得更多。

呂母磕得頭暈眼花，又為么兒耗盡心神，靠著母愛才能抵抗對公子的敬畏，被這麼一問，只能囁囁遲疑的小聲回話：

「不、不知道。」

公子沒說話，只略略揚眉。

呂母突然挺起腰桿，淚水倒流回體內，滋潤乾枯的嗓音，唇舌都變得柔軟靈活，模樣一下子年輕了二三十歲，張口就說了起來：

「有個女人在大雪裡救了我……」

她說出口的，竟是二兒子的聲音。

「她陪我去賣鹽……」

不論是聲音、語調，甚至是神情，都跟二兒子說時一模一樣。

「像是大病過一場……」

聲音只迴盪在大廳中，被強大力量遮擋，無法透出半點。

「她交給我這本書，要我快快回硯城，說是速度要是夠快的話，說不定還能趕得上救小弟一命。」

說完，她氣力都用盡，頹然倒在石磚上喘氣，模樣慢慢恢復蒼老。

「原來如此。」

公子輕撫著下巴，仍是淡淡笑意，環繞的符文增加、增加、再增加，重重疊疊的汙膩，勾纏得大廳內的光都黯淡，一時竟遮得那張俊逸如仙的臉上也有陰影。

當汙膩聚合到近乎相黏時，公子打了個響指。

啪。

繁複的汙膩，化為巨大的漩渦，尾部連結著書冊，符文一字一句從展現到收納，旋轉變小變小變小再變小，書頁啪啦啪啦的迅速翻動著，直到吸納原先被引出的所有，貼服得全無錯處，連皮革都軟軟而動，再度包裹住書冊。

只是，書冊變得不同了。

皮革變得潔白，如上好的羔羊皮，黏膩漆黑也消失無蹤，難聞的氣味變成淡淡墨香，外觀看來不再詭異，跟一般書籍沒什麼不同。

這時，公子才站了起來，首次將目光望向呂登。

「好吧，就讓左手香來醫治你的病。」

左手香，是一種藥，也是一種毒。

多年生草本，帶有特殊的香氣，味苦而辛。

呂登原本以為，公子是要人用左手香熬成藥汁，來治療他的怪病。他躺在地上，一手被母親緊緊握著，所見所聞都超乎想像，因公子而震懾得不敢言語，連呼吸都小心翼翼。

奴僕走進大廳，步履輕盈得觸地無聲，恭敬的低著頭，福身通報：

「公子，左手香來了。」

公子點了點頭。

左手香進了大廳。

那不是一株草，不是一碗藥，而是一個女人。

女人膚色白中透青，模樣清麗，長髮黑得近乎墨綠。她雙眼全盲，被一個壯年男人攙扶著，走到廳前來，領著她到椅子旁，讓她安穩坐下。

「這裡有個男人，生了怪病就要死了，他家人煩得很，連續幾次都給雲英送重禮，妳知道她心軟，所以讓妳來瞧瞧，盡快處理妥當。」

公子坐在主位上，慵懶且帶著一絲興味，指尖輕敲著桌面，每敲一下，硯城外覆蓋在雪山上的白雪就崩落一塊。

山上的飛禽走獸、樹精泉妖，或是樵夫獵戶等等，人與非人們措手不及，無端遭遇雪崩，惶惶駭駭哀嚎求救，有的被埋在厚雪下，有的被推落陡坡，連綿十三峰的高聳雪山，裸露古老岩層。

雪崩與哀叫聲未能傳入木府，奴僕再度入內，獻上以雪水釀造的酒，公子輕敲的指尖才停下，慢條斯理的斟酒自飲，清雅酒香飄傳廳內。

左手香睜著盲眼，不用旁人指引，就轉向呂登母子方向。

她伸出手來。

白裡透紅、掌心柔軟的手，五指修長，指甲是淡淡的粉紅色。

呂登原本以為，切得薄薄的魚生，就是他見過最美的事物，但是跟左手香的手相比，竟是一天一地之差，著實遜色太多。

「過來。」

美得不可思議的手，朝他招了招。

病弱的呂登，不是因為聲音，而是被手勢招去。他不由自主的起身，竟然連瘸腿也不跛了，心甘情願來到那隻手前。

嫩軟的指尖，觸及他的衣袍，然後穿透衣衫、入膚進肉，探入他的胸腹中，輕盈的遊走搜尋，強烈的幸福感迸發，幾乎就要死在這遠比吞吃魚生，更劇烈千萬倍的快感中。

「怎麼樣？」

公子問。

「這身軀中有蟲群。」

左手香收回手來，語氣淡淡，素淨的臉上沒有半點情緒。

「蟲群被你喝叱，這會兒才會靜棲不動，要是離了大廳，又會再鬧起來。」

想到在體內鑽探游走的，竟會是蟲群，呂登又驚又怕，臉色刹時慘白，淚水一滴滴落下，哭嚎著哀求：

「救我！求求妳，救救——」

他的嘴陡然閉合，連唇都消失，鼻子以下平滑無物，聲音都悶在喉間，哭嚎轉為抽噎，淚水落得更多。

「我妻子還在休憩，這難聽的聲音，不能玷汙她的耳。」

公子的聲音悅耳，眼中唇邊都還有笑意，指尖輕輕彈了下酒杯。

陡然，蟲群又動了起來！

呂登痛楚不已的顫抖，卻哭喊不出聲來，鑽骨入肉的椎心之痛，在體內捲土重來。想到竟是蟲群肆虐，他驚駭又恐懼，濕潤淚眼睜得又圓又大，感覺蟲群來到眼窩後，試圖將他的眼球也推出，左眼右眼輪流一鼓一陷，凸了又凹、凹了又凸。

「妳救得了他嗎？」

公子問。

左手香點頭。

「可以。」

壯年男人在呂登背後，抓住痛得抽搐不已病軀，讓他能夠直起身子，衣袍下的胸腹如雙眼起伏，蟲群奔湧得就要破體而出。

嬌美的手伸出，再度探入其中，輕盈的探取，說也奇怪，蟲兒感受到她的手，重新恢復平靜。

細看被取出的那尾蟲，有紅色的頭，頭上沒有雙眼，卻長有口，口中有很細很細的齒，兩側各有兩道斜黃，下半身是魚形。

因為有榮幸被取出，蟲兒收斂兇暴氣焰，在她掌心蠕蠕而動，溫馴而乖巧，不敢有半點放肆。

「這是鱸魚變成的蟲。」

她淡淡說著，把蟲放進奴僕拿來的瓷盆裡，蟲兒落進盆中，仍不躁不亂，暈陶陶的還在回味著，柔軟掌心的溫度與觸感。

「水族流經四方街時沒有防備，卻被你生食，受活時凌遲之痛，就不肯徹底死去，化為魚蟲在你體內棲息。」

左手香再度探手，又取出一條蟲來。

同樣是紅頭無眼、有口、細齒，下半身是魚，卻跟前一隻有些微差異，體色偏銀灰。

「這是鯽魚。」

她說道，將蠕蠕獻歡的蟲，也放進瓷盆裡。

「魚兒們聚集多了，才一起發作。你吃了多少魚？」

呂登無口可說。

即使有口能言，他也回答不出來。

吃下肚的魚太多太多，實在計算不出來。

他用舌牙從外吃著鱸、鯽、鯉、鰱、鰻、鱤、鯰、鱔等等，細細咀嚼感受不同口感與滋味。他雖體積大於魚，魚卻數量大於他，冤死的魚兒累積多了，就一同用細齒，從內吃著他，品嘗他的心肝脾肺腎、骨血肉髓腦，一口口把他吃得痛不欲生，處處洞洞空空。

焦急的呂母邊流淚，邊用牙咬著手，咬得指間出血，此時才敢出口，抱存著僅有的希望，怯怯懇求道：

「這該怎麼治？」

「回去後，用人言二兩，煮好後分做兩碗喝下就行了。」

左手香說道，一旁的壯年男子立刻走來，極有默契的攙扶她起身，力道恰到好處，將她當成心愛的易碎瓷器，怕多一分力道都會碰壞她。

公子卻開口了：

「等等。」

他被挑起興趣，原本急著趕人，如今卻不放人了。

「他們未必知道人言是何物，何不把藥煮好送來，讓他就在這裡喝。」

公子指尖一劃，呂登下半張臉裂開個洞，被封起的嘴巴終於恢復。

左手香頓了頓，盲眼轉向公子，知道他的意圖，於是再度又坐下。

半晌之後，一位青衣少女進入大廳，捧來一個盤子，盤中兩碗煮好的湯藥，正熱騰騰的冒著氣，顏色有淡淡的紅。少女走動時，姿態如風擺柳，優雅好看。

「回稟公子，砒霜煮好了。」

「砒、砒霜？」

呂登嚇得險些摔倒。

「不是人言嗎？」

「人言就是砒霜。」

公子好言好語的說道。

因人言可畏，作用只有砒霜劇毒堪能比擬，於是就將砒霜稱為人言。

「快趁熱喝了，才能解你體內的魚蟲之害。」

公子指尖一揚，驚駭的呂母變成石像。

「想好了，要喝還是不喝，都得看你自己。」

呂登顫抖得比魚蟲鬧騰時更厲害。

都知道砒霜是劇毒，只要沾一丁點兒就會死，人與非人都唯恐避之不及，他卻必須喝下肚去，而且還是足足二兩！

思來想去，他求的是活命，藥方又是左手香開的，無法再受魚蟲啃齧之苦，他咬牙捧起一碗，急急湊到嘴邊，狠下心來咕嚕嚕的喝下肚去。

藥雖燙，但卻不苦，沒半點滋味。

「很好。」

公子說道，身軀微微前傾，親和的勸說：

「再喝。」

呂登的雙手，要再去捧第二碗砒霜，但第一碗的藥性已經發作，五臟六腑都劇痛翻攪，如利刃在體內戳戮。他痛得滿身冒汗，倒地胡亂滾動，分辨不出劇毒入腹跟魚蟲鑽體，哪樣更痛些。

「再不喝，藥就要涼了。」

公子殷勤提醒。

「你說，還要不要喝？」

他駭然搖頭。

「真、真不能再喝了……」

難以想像，喝下第二碗後又會痛得多厲害。

公子挑眉，抿唇淺笑。

「這人對魚狠，對自己卻不夠狠。」

他看向左手香，早已預料有這狀況。

「看，要是剛剛就讓他回去，怕是連第一碗也不敢喝，白費妳先前為他一番診治。」

不知怎麼的，劇痛稍緩，但喉間卻奇癢無比，呂登翻過身去，臉下竟就擱著裝了兩條魚蟲的瓷盆，他喉間鼓了鼓，驟然間再也忍不住，抓住瓷盆就開始哇啦哇啦大吐特吐起來，吐出的都是紅頭魚蟲。

魚蟲吃下砒霜，中了劇毒而死，被呂登一口口吐出來。

直到無蟲可吐時，他軟趴在瓷盆旁，口角都是帶著酸味的胃液。

「吐了真不少。」

公子嘖嘖有聲。

「看來有三升多呢！」

虛軟的呂登，勉強抬頭叩恩：

「感謝公子救命之恩。」

他慶幸不已，只覺得體內通暢，再無魚蟲壅堵，連呼吸都順暢許多。

「救你的是左手香。」

公子偏頭。

呂登再要緩氣開口，左手香卻先說道：

「不用謝我。」

她語音淡漠。

「我開了二兩人言，是算好你體內魚蟲數量，你卻只喝了一碗，魚蟲不能盡除。所以，你這病，五年後還會再發作。」

左手香站起身來，被壯年男人攙扶著，一步步離開大廳。

呂母恢復人身後，瞧見兒子被奴僕扶起來，雖然臉色蒼白、手腳發軟，但是沒再喊疼喊痛，還以為公子庇護，兒子喝了砒霜不但沒死，還治癒魚蟲之害，連連千恩萬謝。

有個丫鬟走進大廳，告訴公子，夫人已經睡醒，正要往大廳來。

不用公子示意，奴僕領著呂登母子二人，走出大廳去，沿著迂迴廊徑，再穿過棟棟重樓，直到出了木府。

呂登說到這裡就停了。

孩子頑皮，但卻也聰明，訝異的問道：

「大叔，五年的時間到了？」

呂登嘆了口氣，點點頭。

「是啊。」

最近這一句，他感覺到體內有動靜，那感覺讓他膽寒的熟悉，知道是魚蟲又要捲土重來。他好不容易養好的五臟六腑，又要遭到魚蟲啃食。

即使這五年來，別說是鮮魚，只要是水族，他碰都不敢再碰。但是，先前吃都吃了，魚蟲們懷恨未死，拚著就是要一口胃、一口肝膽；一口心、一口肚腸，用細齒把他吃盡。

「那您就再去木府啊，」

小孩出著主意，也跟著焦急。

「姑娘最好了，所以解了黑龍的封印。我娘總說，只要去求姑娘，沒有事情不能解決的。」

呂登只是看了看孩子，重重再嘆了一口氣，沒有再說話，轉身一步步往家的方向走去。

這五年間父母都去世，雖然兄嫂仍在世，但是魚蟲之病會復發的事，他沒有再告訴家人。

歷經磨難，他不再任性，也懂得為家人著想，自己的心事自己藏著，直到今天才說給一個陌生孩子聽。

那孩子只知其一，卻不知其二。

當年救他的是左手香。

但是，公子化魔，引進外來的人與非人，意圖殺害姑娘取而代之。雖然姑娘得勝，木府有鸚鵡鎮守，黑龍潭還迎來另一位龍神，但左手香卻魔化叛離，早已離開木府，眼下不知所蹤。

這五年來，他不曾回想過，在瓷盤中盛開如花的魚生，連食慾都消減，吃什麼都無所謂。

但是，那雙白裡透紅、掌心柔軟，五指修長，指甲是淡淡粉紅色的手，卻讓他時常想念得輾轉難眠。那手曾探入他胸腹，進到無人進過的深處，每每回想起來，那份親密都讓他心口發燙。

就算不為治魚蟲之病，能夠再見一次那雙手，該有多好啊。

獨自坐在屋中的他，心中正在這麼想著，窗外還晴空朗朗，屋內突然暗了下來，光明被摒除在外，原來的光線被黑暗吞食，漸漸的變得比無星無月的夜還黑。

呂登在黑暗中惶恐不安，不知是發生了什麼事，正要摸索著去開門或開窗時，一個清冷的聲音響起：

「是我。」

他陡然顫抖起來。

不是因為恐懼，而是難言的欣喜。

他記得那聲音。

他更記得那聲音的主人，有一雙美麗無瑕的手，曾經探入他胸腹，讓他從此深深愛慕，不論再美的女子都無法動搖他的深情。

黑暗變得立體，起先是一根根長髮，而後是濃濃墨綠的衣衫，衣衫下的纖瘦身軀，清冷的容顏，蒼白中帶著一絲青，最後才是白裡透紅、掌心柔軟、五指修長，透著淡淡光芒的雙手。

叛離木府後，不知隱藏到哪裡去的左手香，竟不請自來，出現在他家中。

呂登撲通一聲跪下來，心跳得很是激烈。

「你的魚蟲之病又復發了。」

左手香的聲音，仍是那麼冷淡，跟她的神情一樣清冷，雙眼已經能夠看見。

「你的病，只有我能治。但是，要我治病，你得付出代價。」

「不論什麼代價，我都願意付！」

他激動的說著，想的不是能免去魚蟲啃噬的痛，而是想到那雙手即將再度深深探入他，就期待得頸毛直豎，全身輕輕顫抖。

左手香回應道：

「好。」

語聲一起，呂登就不自主的站起，雙腳都離了地，身軀飄往左手香的方向，直到來到那雙手前才停住。他雙手敞開，露出平坦的衣袍。

散發著淡淡光芒，指尖如櫻花般粉嫩的雙手，一起穿過他的衣袍、他的肌膚，入到他的肉中，穿過骨骼來到他的胸腹，劇烈的快感，隨著雙手深入愈來愈強烈。

他近乎失神，卻又清楚感受到，那雙手在五臟六腑間剝弄，有時輕得如撫摸，有時重得如撕裂，不論輕重都讓他銷魂蝕骨。

公子、奴僕跟當年攙扶左手香的男人都不在場，此時此地，只有他跟那雙手在黑暗中獨處。

時間不知過了多久。

當那雙手抽離時，快感瞬間消失。他落到地上，無力的、歡愉的、虛軟的喘息，汗水濕透衣袍鞋襪。

白皙美麗的雙手，滿是蠕動的魚蟲。因為還沒長出細齒，所以都比他五年前吐出的小許多。左手香指尖收握，魚蟲們就縮得更小，當櫻色的指尖觸及掌心，魚蟲們已經收縮得近乎看不清。

然後，她張開雙手。

兩個黑紅色的點，被四周黑暗吸納。

「當初，我以人言為藥醫治你。」

她俯下身來，墨綠色的長髮觸及呂登，比上好的絲綢更柔更軟，隨著她俯靠得愈低，長髮就將他籠罩得愈多。

「如今，我要你就以人言回報。」

當清冷的容顏靠在他耳邊時，長髮已將他們圈繞在一起。

呂登幸福得幾乎要哭出聲。

儘管，那雙手的主人，已是可怖的魔，但愛慕太濃烈，無論為她做任何事，他都心甘情願。

「我要你，為了我去說……」

清冷的聲音靠得那麼近，說著只有他能聽見的話語。

黑暗中，他聆聽言語，身軀衣袍也漸漸變黑，逐漸連雙眼的眼白也被黑浸染，體內沒有了魚蟲，卻有黑暗棲息。

砒霜也無法治癒他。

他將比砒霜更毒烈、更致命。

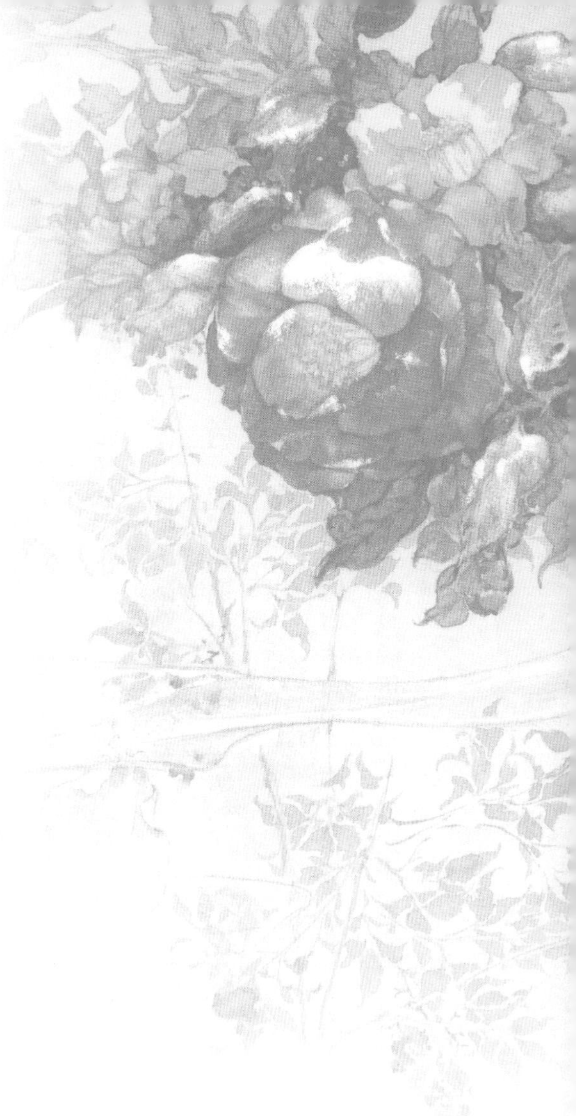

參

新娘

夏季陽光暖熱，杜鵑遍地花開時，一男一女從城北走來。

男人穿著黑袍，女人則是一襲豔紅中帶金的紗衣，在身後披垂了幾尺長。

他們從高大的古栗樹下、翠蔭蔽空的深潭走出，剛出水時，衣衫還濡濕著，但一踏上岸水滴就落回潭中，不敢再浸潤他們的髮膚衣角。

兩人走得很慢，經過每叢杜鵑都會駐足。

女子美麗雙眸落在花上，仔細搜尋比較，男人看的都是她，俊朗的眉眼帶著不耐，卻也沒有催促，陪她逐一細看群花。

雪山下的杜鵑，花開得纖巧而不張揚，菲薄的花瓣在日光下慵懶舒展，朵朵嫩粉夾紅，簇簇成團，美不勝收。

走過城中最熱鬧的四方街廣場，熙來攘往的人群走磨了不知多少年月，早已變得平滑光潔，偶爾有馬幫隊伍經過，打扮光鮮的騾馬頸間掛著一大串銅鈴，走動時鈴聲規律作響。

馬幫的漢子穿的是底部鑲釘的皮靴，走山跨河都很方便，但踩踏在光滑石板路就得小心翼翼。

廣場中大家都熱心吆喝，不論是客或是商，都忙得樂呵呵，攤位在大大的紅色油紙傘下，賣各式各樣的吃食、用物。

看見兩人經過，人或非人們都很恭敬，識趣的沒敢打擾，靜靜避開。

這對男女是黑龍潭的兩位龍神大人。

原本，黑龍潭裡只有黑龍。

他在潭底盤踞數百年，因犯錯而被責罰，用七根銀簪釘住多年，直到這任木府主人拔去銀簪，解除長久的封印，他才重獲自由。

木府的主人，就是硯城的主人。

歷代的木府主人都很年輕，也都沒有名字，男的稱為公子，女的稱為姑娘。

現任的木府主人，是個清麗如十六歲般，仍有一分稚氣的少女。

無論是人或非人的事情，只要來求木府的主人，沒有不能解決的。

姑娘雖然拔去銀簪，卻因他的謊言，刮去所有龍鱗，逼得傷痕累累的他忍氣吞聲，任由姑娘役使，每達成一件事才能換回一片鱗，堂堂龍神竟淪落至此，他氣憤至極卻也無可奈何。

前任主人公子歸來，為奪回愛妻成魔，屠殺硯城內外許多生靈，連他如今亦步亦趨、小心守護的見紅，都曾在惡火中灰飛煙滅。

原本心碎欲死的他，再與公子惡戰，以性命相拚，全無勝算時，身為鯉魚精的見紅，竟躍過龍門，成為龍神歸來，助他們一臂之力，才阻擋公子惡行。

他恨死了計謀多端的姑娘！

但是，有了失而復得的愛侶，還能相伴左右，奔騰的怒氣滅了不少，讓他決定大慈大悲的放過那個該死的女人。

當然，這句話是他在心裡說的。

他才沒有笨到說出口來。

兩人朝木府的方向走去，一叢綻放在屋牆的杜鵑，探出一枝帶葉連花，輕拂過見紅的髮梢。

「等等。」

黑龍摘下杜鵑，動作輕之又輕，仔細別在她的髮鬢。

「妳簪著，好看。」

他很滿意。

「最好看的花，該要獻給姑娘。」

她嬌羞低頭，嘴上這麼說著，仍不捨取下簪在髮間的花。

「我可不管。」

他握著她軟嫩的手，大步走進木府的石牌坊，故意說道：

「她要的話，大可來搶！」

硬眉硬眼的灰衣人，領著他們入木府，經過重重樓台亭榭。

府內灰衣人不少，是姑娘用特殊灰紙，以銀剪刀裁剪，落地就化為人，能聽她使喚，各司其職。

素色的大大紙傘，撐在圈椅旁，穿著粉嫩色綢衣，看似十六歲，又絕非十六歲的少女慵懶斜坐在椅中，手中的杯盞，裝盛藤花蜜，桌上盤中則擺放數個精緻糕餅。

粉紅的嫩嫩指尖，繞了又繞，始終無法下手。

近乎無所不能的姑娘，竟被難住了。

她無法決定，該吃哪塊糕點。

怕壞了此時清靜、擾了姑娘雙耳，糕點們渴望有幸被選中，強忍著不要長出嘴，爭著喊著：選我選我。

忍耐得太過，糕餅散出甜甜芬芳。

有蜜梅香的、有桂花香的、有玫瑰香的、有桃子香的、有棗泥香的，連白豆沙跟綠豆沙也不遺餘力，激動得滲出香油，層層菲薄酥皮被染出點點兒漬痕，拚著要形也似花。

當黑龍與見紅到來時，她連頭也沒有抬，澄淨雙眸還盯著盤子，雖猶豫不決，但還是要說給他聽：

「別擔心，我才不希罕你的簪。」

她輕輕觸了觸，烏黑髮間的潤紅，是用上好珊瑚雕琢的茶花簪。

「心愛之人所送，才是最美、最珍貴的。」

見紅粉臉羞紅，衣裳也變得更紅。

黑龍翻了翻白眼，心中暗罵了幾百句多管閒事。

這就是他有些事，只有想，沒有說的原因。

硯城內外的事，都難逃姑娘掌握。

每朵花開的瞬間、每片雲朵的消逝，甚至是人與非人的所思所想，只要是她想知道的，多的是誠心誠意，為她奔走通傳的耳目。

去年冬季，她受了妖斧撲擊，傷及五臟六腑險些死去。休養期間謠言四起，人與非人都偷偷傳說，她重傷難以痊癒，同時怪事橫生，公子與左手香暗自聯手。那時，她身軀冰冷，長髮與肌膚，甚至身上的綢衣都黯淡得沒有顏色。

所幸，千鈞一髮的險境，是她用來欺敵的手段。

如今的她，頭髮烏黑、臉兒嬌妍，肌膚欺霜勝雪，雙眸又如十六歲般靈動，跟先前時憔悴瀕死的模樣完全不同。

一個身穿白衣，氣宇軒昂的男子，大步踏入庭院內，人還沒到，嗆呼就先響起，劈頭就開罵：

「臭泥鰍，姑娘招你來木府已是莫大恩惠，你不但沒有心存感激，竟還妄自胡亂臆測，一點禮貌都不懂。」

白衣男人每往前一步，容貌形體就稍有變化，走到素傘前時，已幻做青春貌美的女子，禮敬的盈盈一拜。

「姑娘萬安。」

軟軟女音說道。

再回過頭來，模樣跟聲音又變了，整個人膨大至扁平，下兩角跟上兩角捲成手腳，平面的臉上有鼻子有眼，還神氣的哼哼。

「看，我多乖！」

信妖驕傲的說道。

太過諂媚的言行，激得黑龍嘴巴一張，噴出炙熱龍焰。

轟！

龍火直襲信妖胸口，燒得他罵罵咧咧，猛吹胸口烈焰，還在地上翻滾，好不容易才把火給滅了，素白身軀添了深深淺淺的褐色焦紋。

「哇，燙燙燙燙燙！」

黑龍與信妖吵得凶，見紅則恭敬上前，輕聲詢問：

「請問您有什麼吩咐？」

她歷經艱辛磨難，與戀慕百年的黑龍情投意合，其中少不了姑娘相助，因此態度很敬重。

水汪汪的雙眸，終於離開糕餅們，抬頭望著見紅，眸中笑意流轉，粉潤潤的唇未語先笑，吐出的字句清脆好聽，猶如一顆顆落在地上的銀鈴：

「我要你們去辦，關於成親的事宜。」

她宣布道，低頭啜了一小口藤花蜜，仔細嘗了嘗。

滿架的藤花都靜止不動，誠惶誠恐的等待著，有一朵藤花太過心急，想看清姑娘此時此刻的表情，猜測她是否嘗得滿意，所以花莖努力的彎曲再彎曲，卻因彎曲得太忘情，因此斷折離了花串。

虧得是花串們急急靠過去，讓那朵藤花能貼附著落下，這才沒有發出聲音來。

所幸，藤花們的等待迎來佳音。

「真好喝。」

姑娘讚許著。

花架上的藤花，因為太過幸福，熱烈的綻放，串串欣喜的紫色花藤開了又開，如簾幕般垂了好幾重。落地的那朵，則是生了根、抽了莖、長了葉，轉眼就長成一棵藤樹，伸出捲捲的樹鬚去擁抱花架。

垂落的層層花簾，遮掩黑龍黝暗的顴骨上，浮現的可疑暗紅。

「我的婚事不需要妳插手！」他吼道。

軟嫩的小手輕輕一揮，花簾一層又一層，漸次分開來，興味盎然的粉嫩臉兒隨花簾愈來愈薄，逐漸清晰顯露。

「你還是這麼自大，以為事事都以你為主。」

嬌美小臉上有詫異，還有更多笑意，有十六歲少女的俏麗、十六歲少女的恣意，跟十六歲少女的一丁點兒壞。

「我說的，是雷剛跟我的婚事。」

她遮唇淺笑，笑聲卻收不住，花兒跟糕餅們也跟著顫動，隨笑聲抖動，花香餅香更馥郁。

「臭泥鰍，雷大馬鍋頭跟姑娘的婚事，當然該擺在第一位！」

信妖憐憫的搖了搖頭，為黑龍的愚蠢嘆息。

藤花也故意凋落，淡紫色花瓣落了又落，堆疊不知多少層，沒一會兒就堆得黑龍一身濃紫。他恨恨的揮手，破空排浪，將花瓣全都捲開，卻仍聞得見滿身都是甜膩花香。

備受奚落的黑龍，兇惡的反唇相譏：

「妳確定，他肯跟妳成親？」

「臭泥鰍，說什麼鬼話呢？」

信妖嚷嚷著，右下角緊擰，迸出紛紛深淺不一的紅絲，模樣衣容變得立體，變化得格外細緻，一會兒竟跟姑娘相似得分不出真假。

「他與我心意相通。」

就連聲音語氣，也跟那日回應公子挑撥時一模一樣。

黑龍問得太冒昧，見紅挪了一步，擋在前頭。

「姑娘請放心，我們這就去張羅，一定辦得妥當。」

她垂落在身後，紅中帶著金色的長長紗衣如浪般波動，經過之處真的泛出水波，將姑娘的桌椅圍繞在水泊中。

水底映出的，是硯城另一處的景致。

一棵古老的大合歡樹上，無數彩蝶在樹上相互勾足連鬚、頭尾相銜，一串串垂落，五顏六色、蔚為奇觀，跟水上的紫藤串相映成趣。那端的蝶串終於觸及水面，一隻隻冉冉浮現，勾結紫藤花串。

「今年的蝴蝶已來，請您安心賞蝶。」

見紅說道，為逐漸擴展的水泊讓出空間，退到庭院之外。

出木府後，黑龍的好心情消失殆盡，臉色陰沉沉的。

也不知是故意，還是真沒長心眼，信妖就走在他跟見紅之間。他幾次裝作無意的走到她身旁，卻又沒走幾步，信妖就插足在兩人之間，還愈來愈貼近豔紅帶金的窈窕身姿。

受龍焰燒灼後，信妖的衣衫變成褐色，深淺並不同。

長袍是千年松木皮的深褐、領口是木皮苔蘚的綠褐、腰帶跟束髮的繩是濃濃泥漿的紅褐、褲子是乾蜜柿的黃褐、鞋面是剛沖好燙燙茶湯的淡褐，鞋底又是跟長袍一樣的深褐，搭配得很是講究，比穿白衣更惹眼……

也更惹黑龍厭恨！

終於，他再也忍無可忍，伸手抓住信妖衣領。

「唉啊啊，臭泥鰍，你做什麼啦？」

被拎起的信妖怪叫著，硬生生被粗魯的丟到一旁。

幸虧，他反應得快。

落地時，信妖險險站好，不然一身深深淺淺的褐，都要抹上一層灰。

「走旁邊去。」

黑龍冷著臉，雙目蓄滿炙烈妒意，恨得一口牙都快咬碎，將見紅攬入懷中。

「不許再靠近她！」

見紅羞得雙頰酡紅如醉。

愛極他此刻的坦承，她不禁停下腳步，略略在他懷中轉身，將臉埋進戀人頸窩，怕讓旁人瞧見她此時的嬌美模樣，會激得他更氣惱，說不定會再度噴出龍焰，把大半硯城都燒了。

「呦，還吃醋呢。」

信妖也沒惱，雙手抱著肚子，哈哈大笑起來。

「以前還曾冷落她，害得她被燈籠妖燒傷，連桃花精讓你喝下千年珍露，說你的愛在別人那裡時，你也還嘴硬的說不知道。」椿椿件件，記得可清楚了。

黑龍深吸一口氣，尚未張嘴，熱燙的氣息已經冒出嘴角，散出冉冉白煙。

懷中佳人卻伸手，貼在他心口。

「別氣。」

見紅輕聲說道，悄聲勸慰。雖然，她沒有喝藤花蜜，說出的字句卻都比蜜還甜，將怒焰消融得一乾二淨。

「聽妳的。」

黑龍牽握愛人的手，大步往前走去。

「走，來去辦那女人的婚事。」

事情愈快解決，他們就能愈快回深潭裡。

信妖也跟上來，倒是聽進警告，沒再靠近見紅，而是改走在黑龍身旁。

「這才對嘛，這可是姑娘的婚事呢，咱們務必得辦得隆重風光。」

他伸出手指路，腦子裡已經有主意，衣衫上浮現硯城的地圖，還隨著他的腳步，一再放大再放大。

「雖然，鸚鵡鎮守在木府，但他妻子有孕，才沒能搶去功勞。能操辦這件事，實在太榮幸，千萬不能搞砸。」

信妖衣衫上的圖案，已可見是一條街的街景。

隨著放大，漸漸能看見街道兩旁的店鋪，逐漸的店外招牌上的字跡、店內看店的人們，從小變大，直到清晰可見。

「硯城裡，就屬溢燦井旁，姜家婚轎鋪最好。」

他說得頭頭是道，早就預料到會被派來操辦這件事。

「姜家的花轎，轎圍繡得好看細緻，轎夫們腳步穩，鑼鼓群也齊全，個個都精神抖擻，穿戴整齊美觀。」

他邊說邊走，在前帶路。

褐衣上的景象還在變動。

三人從街頭往裡走去，左邊是賣丸散膏丹的藥鋪、紅綠白黑各種茶的茶葉鋪、綾羅綢緞的布莊、笛笙簫嗩吶的樂器行等等，還有馴鷹的、鋦鍋碗的、做典當生意的。

褐衣上的景象，卻是從街尾而來。

賣醬瓜豆腐乳的醬菜園、水菸旱菸菸絲菸葉的煙袋鋪、香粉香環紅白蠟燭的香蠟鋪、蝴蝶金魚蜻蜓並蒂荷花的風箏鋪……

當信妖終於停下腳步時，衣衫上的景象，跟他身後的店面重疊，完全一模一樣。

婚轎鋪店門寬大，用喜慶的大紅色裝飾，掛著紅燈籠、紅捲簾、紅傘紅扇與紅旗，還有一頂八人抬的華麗花轎，大紅紗綢上滿是細緻刺繡，門口還掛著一面鑼，因為被擦得一塵不染，陽光下燦燦如金。

「到了。」

信妖張開雙手，一臉得意。

側身時，衣袍匆匆顯出斜後方的典當鋪、鍋鍋碗攤、馴鷹店、風箏鋪等等。然後，景象一眨眼全都消失。

沒能即時得到誇讚或敬佩，他厚著扯不破的臉皮，張口就要自個兒討，卻看見黑龍抱著見紅退開。

正疑惑時，女人的哭喊從店裡傳了出來。

「我的錯、都是我的錯！」

倏地，信妖被從後方猛的一撞。

年輕婦人哭喊得癲狂，跑得踉踉蹌蹌，沒看見站在門口的信妖，一妖一人砰的一聲，撞得雙雙翻倒，滾趴在地上狼狽得很。

「唉啊啊，我的腰我的腰……」

墊底的信妖，被年輕婦人壓著，褐衣褐鞋還是全染了灰。他一手扶著腰喊疼，哀怨的從下往上瞪看。

「臭泥鰍，你見色忘友，竟不提醒我！」

黑龍鄭重回答：

「我從沒當你是朋友。」

「死泥鰍爛泥鰍笨泥鰍，你紅燒、你醋溜、你油炸、你清蒸，你明明可以先說一聲的！」

信妖唉唉叫。

「那，就沒有好戲看了。」

黑龍冷哼一聲。

信妖氣噗噗的翻身，看著哭聲未停，眼淚滴個不停的年輕婦人，真想把嘴縫起來算了。

唉，真是怕什麼來什麼，才說不能搞砸，這下還沒踏進店門，就被撞倒在地，要辦喜事卻先遇到個哭不停的，拜託拜託，千萬別是壞預兆。

店內人聲鼎沸，有的叫、有的哭、有的嚷，一個個爭先恐後全都咚咚咚跑出來，把店門前擠得水洩不通。

一個男人撲到地上，抱住哭泣的年輕婦人。

「別走！」

他眼裡有淚，急著安慰委屈的妻子，顧不得腳下踩著信妖，還在褐衣上又添了腳印。

「妳沒有錯，為什麼要走？想想我、想想孩子們，妳走了我們要怎麼辦？」

蒼老的男鬼飄來，厲聲大叫：

「難道是我的錯？」

「爹，本來就是你不對！」

一個比年輕婦人年長些的婦人，淚眼矇矓的指控。

「輪不到妳說話！」

老鬼喝叱。

「爹，她是咱們家長媳。」

另一個男人喊。

一家人吵吵鬧鬧、哭哭嚷嚷，人聲嗡嗡、鬼聲嘯嘯。

被踩壓在下的信妖，驀地膨脹起來。

深淺不同的褐色，伸展成胖大方形，把擠壓在身上，以及身旁的人與鬼們，砰砰砰砰全彈開。

被這麼一摔，姜家人才稍稍恢復平靜。

他們相互攙扶，把龍神與見紅，以及滿身腳印的信妖請進店中，在大廳裡坐下，然後全都低垂著頭，各自或委屈、或惱怒，原先因驚嚇過度，被留在家裡的兩個孩子也都跑來，抱住年輕婦人的大腿。

「發生了什麼事？」

黑龍問。

老鬼率先開口：

「沒什麼，只是自家小事。」

家人們可不贊同：

「爹，怎麼會是小事？」

「您也鬧夠了吧？該醒醒了！」

黑龍的大手一拍，身旁桌子瞬間從中斷折，轟然倒在地上，上頭的茶杯、花瓶、算盤等等也慘遭殃及，有的碎、有的破，有的幸運沒破損，滴溜溜的滾到角落。

人們嚇得抱在一起發抖，老鬼則是咻的溜進茶壺裡，因為藏在裡面也是怕的，顫抖得太厲害，壺蓋喀啦喀啦直響。

「臭泥鰍，別不耐煩。」

信妖搶著做好人，要把瑣事都聽清，才好回去跟姑娘說去。

「你們都別怕。」

他好言好語好有興趣。

「說吧。」

差點丟了媳婦的次子，低頭看著兩個孩子，見他們臉上淚痕，心疼得忍受不住，最先平復驚嚇，鼓起勇氣說了起來。

姜家生意做得好，歸功家人齊心協力。

老鬼生前名為姜仕，是鋪裡的執事。

妻子十幾年前，受不了他的固執脾氣，離異後跟別的男人好了，分開不再來往，但家中有兩個兒子、兩個兒媳，生活也還順遂。

他辦事仔細，勤快得近乎嚴苛，兩個兒子兒媳也像他，每筆生意都盡力，務必做得讓新娘有榮光，店裡口碑又好又響，生意多得接應不暇。

硯城裡也有別間婚轎鋪，但不少女子寧可等，否則就不肯成親，急壞多少男兒漢，雖然嘴上埋怨，但見過姜家的婚轎陣，都覺得服氣，別間實在比不了。

每趟姜家婚轎陣出行，圍觀的人與非人總是最多。

八人抬的大花轎兩旁跟著媒人與丫鬟，再來是十六人鑼鼓隊，個個穿著大紅新衣，樂器吹奏出喜慶音樂，節奏明快，熟練又有默契。一群人浩浩蕩蕩穿街走市。

姜仕就走在隊伍最前頭。

他腰桿打得直挺挺，身穿紅羅衣、頭戴紅羅帽，手裡提著一面大鑼，鑼面擦得金燦燦的。

婚轎隊出行，即使在家不聽父母話，出門但聽一聲鑼兒響。

隊伍前後對正、左右看齊，按照姜仕手裡的鑼聲行動。

他鑼聲敲得慢，隊伍腳步音樂就慢；他鑼聲敲得快，隊伍就跟著快，走在最前頭的他，要說多風光就有多風光。

上一任木府主人娶親時，用的就是姜家婚轎隊，他被欽點主持，祖上都有榮光，在硯城裡的地位，又更高了些，人與非人們，瞧見都得尊稱一聲老執事。

五年前，他壽終正寢。

喪禮辦得風風光光，來弔唁的人與非人很多，連連都說可惜，再不能看老執事走在婚轎隊前頭，敲著鑼兒時威嚴可敬的模樣。

執事換做長子來做。

從小耳濡目染，做來得心應手，鑼鼓隊手們想保住顏面，私下練習得更勤，出場時比以前更賣力。

人與非人都放心了，說老執事兒子教得好，婚轎鋪後繼有人，姜家仍是女子們的首選。

三年前，二兒媳懷孕了。

長媳的肚皮，始終沒有動靜，長子愛妻心切，從來不曾責怪，而長媳賢良聰明，把店裡的帳算得清清楚楚，對人和善又多禮，家裡不論是奴僕，或是鑼鼓隊的成員都很是仰賴她。

次子娶進的二兒媳，也是嫻淑的好女子，對丈夫溫柔，對長兄與大嫂也和順，兩個媳婦成為好友，像姊妹般親密無間。

她懷孕後，長媳照顧得最是仔細。

姜家終於盼到新生兒，是一對龍鳳胎。

先前未能添丁進口，這會兒，一下子就有了兩個，還生得膚白眼大，可愛得讓人心兒發酥。

不僅活人高興，鬼也高興。

姜仕拋下舒適墳塚，半飄半跑回來，雙手各抱一個小嬰兒，嚴肅的神色變得和藹無比，一會兒看看左邊、一會兒看看右邊，怎麼看都看不夠。

小娃兒們也乖巧，爺爺雖是非人，卻也不怕，還最愛黏著撒嬌。

姜仕樂得不行，寵得如珠如寶，用冥餉買來衣物玩具，數量還多得驚人。家人也勸，別買那麼多玩意兒，他卻置若罔聞。

春季時黑瑩做壞，姜仕也是眾多受害者之一。

黑瑩慘死，化為烏賊死在一間大屋裡後，大夥兒才知道，合約上的重要字句，是用黑膽假墨寫的，才能被竄改。

消息傳開後，被騙的人與非人，連忙去找新搬來的住客。

但，新住客手裡的合約，用的是真墨所寫，要去仲裁也贏不了，許多人與非人都摸摸鼻子認了，彼此擠一擠，無奈的共處。

姜仕可不打算認了。

他怒氣沖沖的回到墳塚，以當年嚇跑老婆的壞脾氣，要趕走新住客，卻意料不到，住在舒適寬敞棺槨裡頭的，竟是個身穿豔豔綠衣的女子。

她倉皇失措，水潤潤的眸子裡滿是迷茫，綠衣一會兒深、一會兒淺，臥在棺內軟軟枕褥上顫抖，分外嬌弱無依。

「您、您是來趕我走的嗎？」

她低聲啜泣，撐起纖纖細腰，撲進他懷裡，哭得更可憐了。

「求求您，請讓我留下。」

姜仕哪受過這般美人恩，儘管見過不少大場面，竟也吶吶半晌，支支吾吾說其實沒要趕她走，不管她是人、是鬼、是妖、還是精怪，就讓她留下，跟他一起生活。

綠衣女子自稱嬉娘，很是柔順。

她吃得簡單，以植物嫩芽、花或果實為主，說話輕聲細語，事事都順著他心意，不敢有半點拂逆，跟倔強前妻截然不同，將他照顧得很好，用涼卻潤的小手搥腿捏肩，撒嬌的說著情話。

其實年老後，他對男女之事已力不從心，成鬼後更難展雄風。女子也不嫌棄，靈巧又貼心，讓他無須費力氣，又能享受魚水之歡。

臨老入花叢，當真做鬼也風流！

姜仕沉浸在溫柔鄉中，連孫子們也少回去看了。

有此豔遇，他暗暗感謝黑瑩。

瞧見嬉娘衣衫單薄，還有細細斑駁，不是髒，是既有的花樣，背後從頸到腰，有排綠中揉黃的流蘇。

「為什麼總穿著這件綠衣？」

他好奇問。

「我來時很匆忙，什麼都沒帶，衣裳只有這件。為付給黑瑩租金，連簪環等等也變賣。」

她委屈窘迫，雙手揉搓裙帶，愈說愈是傷心。

「您是不是看得厭煩，討厭我了？」

姜仕魂兒都要碎了。

「怎麼會呢？」

他拍撫佳人，感受她帶淚的軟甜親吻，豪氣的說道：

「走，我們去城裡！」

撬開陪葬的箱子，發現冥餉已經所剩不多，就飄回婚轎鋪，跟長媳索要到一筆銀兩。

有了錢後，他抖擻起來，在旁人訝異的注視下，跟嬉娘攜手去最奢華的綢緞莊。

婚轎鋪缺不了紅紗、紅羅、紅綢與紅錦，兩家來往幾十年了，掌櫃瞧見老執事上門，很快就迎上來。

「您來得正好，有批紅……」

掌櫃還沒能介紹貨品，話就被打斷。

姜仕揮了揮手。

「不要紅的，全都要綠的！」

他也懂布料，知道這間品質最好。

「記得，拿來的布料，要比我以前買的更好。」

掌櫃連忙讓人去取來，一匹匹鋪開展示，果然都是好料子。

絲棉毛麻、綾羅綢緞，女子一塊又一塊的披上身，總要問好不好看，他連連讚賞，陶醉女子的依賴，笑得鬼臉見牙不見眼。

「我家鄉比不得硯城富庶，沒見過什麼好東西。」

她的手摸摸這塊、再摸摸那塊，停頓、圈繞，握了滿手布料。

「人家真的沒辦法決定。」軟軟嬌聲，如泣如訴。

「沒關係，全都買下。」

他哄著。

「太費銀錢了。」

大眼無辜撲眨，瞳膜是綠、瞳孔是黑。

「不會。」

他連忙說道：

「就是要這些好布料，才能跟妳般配。」

「是我穿了這些衣料做的衣裳，才能跟您般配，不顯得寒酸。」

她笑靨如花，回答巧妙。

「誰敢說妳寒酸？」

他醒悟過來，轉頭跟掌櫃說道：

「你店裡不是有好的裁縫嗎？快叫來替她量身。」

掌櫃不敢怠慢，連忙吩咐店員，去把好裁縫請來。

很快的兩三個裁縫進來，嘴裡咬著針頭、手裡拿著縫線，用捲尺圍著嬉娘比劃，還說好料好工做的好衣裳，顯得她腰更細、手更白，穿上後比現在更豔麗十倍。

掌櫃提壺，再來添茶。

來客是鬼，喝不得熱茶，奉上的是冷泡好茶。

「老執事，恕我冒昧，布料加裁縫，都盡量給您優惠了，但您的銀錢不夠。」

他滿臉堆笑，斟酌用語：

「我看，不勞您再跑一趟，讓店員領了字條去取，這樣好嗎？」

「好，還是你想得周到。」

姜仕很高興，不必中斷之後行程。

量身討論的時間很長，他耐心十足，就坐在一旁等著。也有不少人光臨，同樣來買布料，瞧見他時如常問候，都沒想過，他竟也有好脾氣的時候。

離開布莊後，他再帶嬉娘去銀樓。

當然，也是做工最精緻的那間。

店東擺出一隻花絲立鳳銀簪，從鳳凰的鱗到羽、喙尖與鳳眼，處處精細傳神，連鳥爪抓扣的一朵雲彩也生動秀麗。

嬉娘見了，卻嚇得臉色發白，直往姜仕的懷裡躲。

「不要不要不要，快拿走，我不要看見！」

她害怕得顫抖，看都不肯再看一眼，背後流蘇豎起，直硬如刺。

老鬼忙問：

「不要簪子？」

懷中小臉抬起，露出雙眼，淚花盈盈。

「不要鳳凰的……」

她怯怯說，又補上一句：

「飛鳥的都不要喔。」

店東腦筋轉得快，收起鳳簪，換上一對牡丹金簪。

嬉娘再探出頭來，見了牡丹金簪，雙眼裡映了金色，被迷住般往前傾身，背上尖尖軟化下來。之後，再看見的步搖、耳墜，跟一對金絲手鐲，她都愛不釋手。

姜仕很大方，全都買下來，銀錢也讓店東去姜家拿。

摟抱著心滿意足的佳人，他雙腳沒沾到地，飄著飄著就回墳塚裡，享受她的報答。

消息很快傳開。

姜家一家惴惴不安，嬉娘來路不明，讓父親一次次賒帳，擔心她是來詐騙錢財。

晚輩不好去說，長子只能委託同樣是鬼的岳父，去提點父親，對嬉娘要小心些，要懂得防範。

但親家的一片好意，卻換來姜仕譏笑，說是同樣身為老鬼，嫉妒他得了美人，想來拆散他們。氣得親家化做一陣煙，咻的鑽回自己墓裡去，夜裡才跟女婿托夢。長媳替公公說話，說公公喜歡，有個伴是好的，不然墳塚陰冷，他們這些晚輩都是人，無法在墳裡陪伴，花費的銀錢，就當是嬉娘替他們盡孝的報償。

再說，自從外來的人與非人多了後，少不得類似的事。

直到某天，姜仕回到店裡，歡欣又果斷的說道：

「我要娶她為妻。」

他說得眉飛色舞，樂得離地三寸飄啊飄。

「還有，墳塚不好，配不上我們，要蓋新的，蓋得大器、蓋得豪華，什麼都要用最好的！」

這下子，姜家炸鍋了。

爹爹這個老鬼，竟色令志昏，要替他們添個新的娘！

兒子們不肯同意，再三勸說，就算喜愛嬉娘，也不必非要迎娶。現在的墳塚很舒適，不必再大興土木，之前蓋時就是他監工，造得嚴實堅固，是人與非人都羨慕的陰宅。

姜仕氣得抖抖飄飄，冒青光的鬼眼，落在長媳身上。

「是不是妳，不讓我兒子用我的錢？」

長媳連忙搖頭：

「不是的！」

老鬼卻一口咬定：

「妳帳管久了，就以為能作主。」

他唾了一口，落地綠豔豔，濃稠得分辨不出是什麼。

「妳連顆蛋都沒下，早就該被休。」

「爹，你住口！」

捨不得賢妻受辱，長子抱住含淚的妻：

「她替家裡管帳，每個銅錢怎麼賺來、怎麼花去，都算得明明白白。」

「她是想日後都吞了！」

「嫂嫂最是善良，不是那種人。」

二兒媳仗義執言，見不得大嫂被汙衊，冒著不孝之名，也鼓起勇氣說了。

被晚輩接連頂撞的老鬼，恨恨的大喊大叫：

「你們是要把我氣死啊！」

「爹爹，你已經死了！」

兒子們齊聲說。

「啊……」

他發出鬼嘯，消散不見了。

單鬼難敵群人，他改到夢裡騷擾，挑最弱的下手。

可憐的小娃兒，從睡夢中驚醒，哭得躲在母親懷裡，費了好一番功夫安撫，才抽噎的說：

「爺爺說，要娶新娘。」

二兒媳心疼不已，忙哄著驚嚇過度的兒子，嚷著要丈夫快來。

男人還沒趕上，長媳披頭散髮，抱著哇哇大哭的女娃兒逃出，半爬半滾離開臥房，摔倒在門廊上，即使自己摔傷了，也沒讓孩子傷到一根頭髮絲。

「爺爺說，要蓋新墳。」

女娃兒嗚嗚說。

護幼心切的長媳，對幽幽鬼影喊：

「您不是最疼他們嗎？」

「哼，」

老鬼不認，飛快繞啊繞。

「誰會疼吵鬧的娃兒？」

「不孝啊，不孝……」

鬼嘯連連，愈來愈尖銳。

「不讓我如意，你們全都別想好過！」

二兒媳崩潰大叫：

「老不羞，別嚇我孩子！」

惱羞成怒的姜仕，依舊在飛繞，但上下都收縮起來，飛繞的範圍變小，落在二兒媳頭旁，扭攪成深綠的繩，剩一張嘴在叫囂：

「妳給我滾出去！」

他未達目的不擇手段，恨恨的說著。

「滾出去滾出去滾出去滾出去滾出去滾出去滾出去滾出去滾出去……」

受盡欺辱的二兒媳，原本就多日少眠，濃重的鬼氣讓她失了心神，連孩子也顧不上，雙手抱住頭，哭喊著往外奔去。

聽完來龍去脈，信妖摸著下巴。

「這事，得把嬉娘找來。」

見紅點頭，一手垂下衣袖，豔紅帶金的薄紗，凝出一滴帶紅光的水，滴落到磚地上，溜找到縫隙就鑽，滲入土中，瞬間消失不見。

半晌後，地下隱隱有水聲，從遠處奔流而來。

姜家磚地劇烈震動，站都站不穩，只能相互緊抱，抖顫著駭然趴下，嚇得人心慌慌、鬼心惶惶。

只有人跟鬼被晃動，花轎跟樂器們被黑龍以爪托住，離地有一寸高，全都安然無恙，銅鑼沒發出半點聲音。

帶著紅光的水滴，從磚地縫隙溢出，起初小得幾乎看不見，逐漸懸浮而起，慢慢變大變大再變大。

眾人這才看清，晶瑩水球中囚困綠衣的嬉娘，全身被紅中帶金的薄紗綁縛，顯出嬌嬈身段。

「姜郎！」

她哭喊，想掙扎卻不能動。

「救我！」

老鬼想也不想，一頭撞向水球，也不管龍神的結界強大，仍舊胡亂拍打水球外側，急著救出美嬌娘。

水球沒有破裂，被擠壓的水灌入嬉娘口鼻，綠衣衫下不再是人形，露出真身來。當紅紗鬆開，衣衫飄飄落地，一顆如似蛙頭，卻遍布綠鱗的腦袋探出。

綠鱗遍布全身，斑爛豔麗，背上有整排鋸齒狀突起、腳爪相當銳利，撲閃的眼裡滿是淚。

「原來，是隻綠鬣蜥。」

信妖觀瞧，摸著下巴說道：

「難怪會怕鳳凰與飛鳥，那可是鬣蜥的天敵。」

發現此蜥非彼嬉，老鬼委靡癱坐在地上。

蜥眼滾出淚，張嘴吐出話語，是女人哀聲：

「我來硯城後，不敢去鑽挖堤防，怕惹怒龍神，只能爬進墓裡躲藏。其他同伴，多是被墓主趕走，只有姜郎願意讓我留下。」

綠豔豔的鱗片，逐一變得斑白，灰慘慘的豔色不再。

「他太疼寵我，我才生出愛慕虛榮的心。」

蜥的腦袋一上一下，磕頭認錯。

見紅輕揚手，水球隨即迸裂。

灰白的鬣蜥，化為灰白的女子，衣衫抖動，成對的牡丹金簪、步搖、耳墜，跟金絲手鐲都滾出來。

「姜郎，知道我是鬣蜥，你還要我嗎？」

她哀傷無比，淚眼撲閃。

生前嚴厲、死後刻薄的姜仕，起先還有怕，但瞧見那些淚，想起這些日子以來的相依相偎，愛憐之情再起。

「要。」

他伸出雙手，環抱驚喜不已的女子，誠心訴出實話。

「我是鬼、妳是蜥，都是非人，能在墓裡作伴。妳不嫌我年老，不論妳是蛇、是蜥、是鱷，只要真對我有情，我都不嫌棄。」

鬼與蜥相擁而泣，見紅看著他們，又望了望黑龍，見他無聲頷首，她羞顏一笑，就出聲說道：

「請聽聽我的提議。」

她拾起地上的首飾，仔細為嬉娘戴上牡丹金簪、步搖、耳墜，還有金絲手鐲。

「這算是給新娘的聘禮。往後，老執事若願意安寧度日，姜家就保證冥餉不缺，雖不能奢侈，也足夠生活。」

「太好了，我贊成。」

長媳率先說道。

鬼也要有伴，嬉娘不是來詐財，她就放下心來，盡心克盡孝道。如她先前跟丈夫說的，墳塚冷寂，嬉娘是為他們盡孝，即便是精怪，姜家也不能苛待。

老鬼淚眼矇矓，因長媳的大度，慚愧的點了點頭，再環顧狼狽的眾人，還有淚水未乾的孫子與孫兒，老臉掛不住。

「我不會再回來了。」

他承諾。

有了保證，姜家人鬆了口氣，從此不用再提心吊膽，有的笑了，也有的哭了。

「欸欸，小事解決了，該來說說大事。」

信妖敲敲桌子，吸引眾人注意，確認屋裡每雙眼都看來，才慢條斯理的說：

「姑娘即將成親，會用你家婚轎隊，你們可得仔細點，務必準備萬全。」

聽見有這等光榮的事，姜家人歡喜不已，連姜仕也笑了，嬉娘與有榮焉，灰白的衣衫變回豔豔綠色。

交代完要事，黑龍與見紅起身，往外走去。

信妖接受姜家人的千恩萬謝，過了半晌才踏出姜家，趕忙跑步跟上來。

「臭泥鰍，別走這麼快！」

他喘了幾口氣。

黑龍置若罔聞，看都不看一眼。

還是見紅有禮，回眸笑了笑，為情人的無禮抱歉。

這事能大事化小、小事化無，歸功於她。知道鬼與蜥都有情，她為姜家解難，成全非人，婚轎鋪安定，之後姑娘的婚禮才能順利進行。

信妖也懂，大言不慚的說道：

「見紅，我們真有默契。」

他亦步亦趨，走在兩人身後，樂得笑咪咪。

「我們都曉得，姑娘有婚事要籌備，為了不破壞她的興致，我們沒去麻煩她，一起就把事情處理妥當，配合得很好。」

「誰跟你有默契？」

黑龍冷言冷語，比冬季寒風刺骨。

信妖搖頭晃腦：

「以後啊，就管你叫醋泥鰍。」

黑龍隱忍不發，牽握愛侶的手，走得更快了些。

「慢點慢點，我們……」

本想加快腳步的信妖，陡然停下，疑惑的抬起一隻腳，察看深褐的鞋底。

怪了，他明明感覺到，鞋底癢癢的。

像某些東西，埋在磚下泥中，冒出無形的芽，雖然很小但很密集，頂磨得他貼地的鞋都發癢，仔細察看卻又什麼都看不著。

會是什麼呢？

是植物？

是動物？

是人？

還是非人？

或是什麼他猜不明，不只在硯城裡，也在他心中種下，偷偷生根，除不盡、拔不完的東西？

還沒琢磨清楚，抬頭看見黑龍已經走得快不見影了，他連忙追上去，務求趕在前頭，先回木府向姑娘邀功去。

唉啊，籌備婚禮要做的事情可多了，他肯定會很忙，得要專心才是！

信妖逐漸遠去。

他原本踏的那塊磚，輕而又輕的抖了抖。

黑黏黏的液體，從磚縫擠出，小得看不見，在現蹤瞬間，就蒸騰於空氣中，沒有人察覺。

硯城裡，人與非人如常走動。

姑娘的婚訊傳開了。

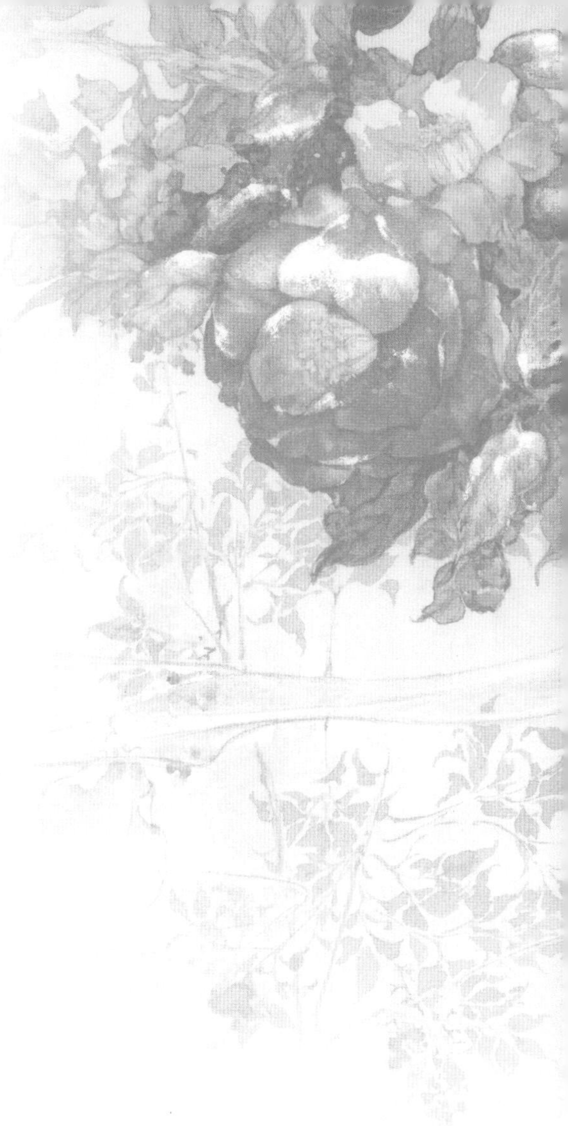

肆

納福

硯城裡有個人，名喚王欣，原本是個專賣鮮菇野菌的商人。

他開的價格好，人們採到菇菌，總先送到他的商鋪，讓他挑走最鮮嫩可口的上等貨，其餘的次貨才往別家送，如此一來，他自然總有最好的蕈菇。

經過烹調的菇菌滋味可口，偏好此物的饕客不少。

酒樓裡缺不了這樣食材，都搶著跟王欣買貨，招攬客人時，只要說一聲：店裡用的可是王家的菇蕈。當晚總能生意興隆，客似雲來。

因為如此，王欣很是富有，不論店鋪或住家都裝飾得富麗堂皇，娶了美貌妻子，有一雙兒女，過著讓旁人艷羨的生活。

但是，今年開春時，硯城裡的人與非人們流傳著一件怪事，據說城外牧羊的蘇家四口人，被一種真菌寄宿入體，個個只剩人的外形，內裡都被菌絲占據。

事情聽來駭人，人人避之唯恐不及，但不久後又聽說，木府裡的左手香派人去取了一些，預備用蟲子來培植，才知道那種真菌冬季時會找動物當宿主，然後緩慢蠶食，直到夏季時死去的宿主雖然外形不變，但其實已經成了植物。

這種真菌希罕珍貴，吃了後特別滋補，是難得的藥材。

得知此事的王欣，好幾日睡不著覺。

他翻來覆去的想，賣菇菌的利潤不錯，但是賣藥材的利潤肯定高上好幾倍，更何況是珍貴的藥材？

雖說，培養這種真菌會有風險，說不定會落得像是蘇家人那般下場，但是富貴險中求，哪有沒半點風險的生意呢？

打定主意後，王欣找了個日子，跟妻子說要去收貨，實際上卻是避開常走的路徑，走冷僻的小巷，偷偷去了城外。

到了蘇家牧場一看，除了蘇家四口外，有大半的羊兒，也在草地上站定不動，雙眼眨也不眨，更別說咩叫或吃草，肯定也是被真菌入侵。

他小心翼翼的剪下一綹羊毛，放進瓷罐裡，把蓋子蓋得緊緊的，一路揣在懷裡，胸膛裡心跳如雷，表面上還要假裝若無其事，不敢在外逗留，盡快回到家裡。

傳聞說，左手香以蟲子培植真菌。

他也如法炮製，找來飽滿的蠶放入瓷罐，隔天再打開來看，原本吃著翠嫩桑葉的蠶已經不再動彈。

王欣很是高興，花光積蓄買下幾間房子，全心投入培植真菌，連原本的菇菌生意也不做了。

妻子原本不贊成，但是聽王欣說著，一旦到了夏季，就能採收珍貴藥材，到時候財源滾滾，想要金山銀山都不是夢，終於也被說服，幫著丈夫一起忙碌起來。

一旦參與，妻子也動起腦筋。

看著滿屋的蠶，她想了想，入夜同眠的時候，跟丈夫討論著：

「蠶蟲那麼小，就算夏季能收穫，也是小小的蟲草。你不是說，蘇家的羊也被寄宿嗎？既然如此，我們也去買幾隻羊來當宿主，養起來方便，夏季時的收穫不是大得多嗎？」

王欣聽了大喜，轉身抱住妻子：

「妳真是聰慧，娶到妳是我有福。」

第二天，王欣去買了幾隻羊，回家後餵以被真菌寄生的蠶兒，才吃了兩頓，原本活潑咩叫的羊兒，一隻隻都靜默下來，症狀跟他在蘇家牧場看到的一模一樣。

夫妻兩人欣喜討論，嫌羊兒也太小，若是用牛，收穫就更大了，於是又去買了牛培植，幾間屋裡於是滿是被寄生的羊兒與牛。

陷溺在財源滾滾的美夢中，兩人數著日子，就盼夏季快些到來。

哪裡知道，春季的最後一日，氣溫陡然冷了下來，竟比隆冬時更冷，深夜裡傳來尖利嘯聲，整座城隆隆隆的震動。

原本還慶幸，沒有染上風邪的王欣夫婦，卻眼睜睜看著辛苦培育的宿主牛羊，彷彿受到某種召喚，一隻隻走出屋宇，搖擺的往山上爬行，在懸崖邊炸裂成無數孢子，隨著邪風吹送，灑落再灑落。

虧得姑娘萬般盤算，讓公子再度鎩羽而歸，驅走肆虐的風邪，孢子也被吹得無影無蹤。

人與非人額手稱慶，但王欣夫婦卻心如死灰，不僅血本無歸，還落得債台高築的下場，日日都有債主上門。

王欣心情惡劣，時常對妻子出氣，出口就是責罵：

「都是妳出的好主意，要我去買羊買牛，才會虧蝕那麼多錢財，娶到妳我真是倒了八輩子的霉。」

「這事原本是你貪財，才會惹出的禍端，怎能都怪我一個人？」

妻子很是委屈，日日都落淚，終於被罵得留下兒女，獨自逃回娘家。

妻子離開一陣子後，王欣才冷靜下來，尤其是親自照顧兒女，才曉得妻子平時多麼辛勞，仔細回想她的賢慧，心中很是懊悔，想去接回妻子卻又拉不下臉來，所以鎮日都愁眉苦臉。

為了躲避債主，他不敢待在家裡，出門溜達時不敢走熱鬧的街道，都在城冷清的地方徘徊。

有一日陽光猛烈，他被曬得口乾舌燥，找不到片瓦可以遮蔭，像頭無家可歸的狗，歪倒在一座破屋的牆角。

驀地，有聲音傳來。

「王老闆！」

起初，他還沒有反應過來，仍閉眼不動，直到對方伸手在他肩上輕拍，他才驚慌的睜開眼，第一個反應竟是縮頭想躲。

「王老闆，您怎麼了？」

對方語氣殷勤，很是關懷。

連日被追債的王欣，許久沒聽見這麼親切的語氣，更別說是「老闆」的尊稱，心中陡然一暖，轉頭看向對方。

只見那人笑容滿面，衣衫整潔，是個年輕男人，看來有些眼熟，卻一時記不起是誰。

「呃，請問你是哪位？」

王欣問道。

對方笑得更開：

「王老闆貴人多忘事，我是陳四，在城南開館子，跟您買了好幾年的鮮菌，蒙您的好貨，小店生意不差，吃過的都說好。」

王欣這才想起來，的確跟陳四有生意往來，只是他以前眼高於頂，只對大客戶殷勤，總懶得應酬陳四這種小客戶，每次也沒好臉色，甚至來往了幾年，也記不清對方面目。

如今落魄了，人人都給他臉色看，這個他以前瞧不起的陳四，卻對他友善得很，讓他不禁汗顏。

「王老闆，我正要去朋友那兒聚會，碰巧遇到您，乾脆就一塊兒去吧！」陳四笑咪咪的說著，禮貌周到的欠身。

陽光毒辣辣的曬在頭上，聽到有地方可去，王欣實在心動，但是他又擔心，一旦跟陳四去了，聚會上要是有債主，到時場面可就難看了。

他面露難色，左右為難，陳四勸得更殷勤。

「走吧，就當給我一個面子。」

就這麼又請又哄的，王欣被帶往幾條街道外，一間三房一照壁的宅子，不論是照壁的石砌勒腳、刷得粉白的壁心，或是庭院裡鋪著五蝠捧壽的青石，處處都講究，還有模樣俏麗的年輕女子們走動，全是這家丫鬟。

宅子裡賓客約有六、七個，身旁都各有兩個丫鬟伺候。

他們有的穿著華麗、有的穿著簡便，相同的是個個都面帶笑容，友善而親切。看態度、聽言語彼此熟識，只有他一個是生面孔。

陳四對眾人介紹，大夥兒都笑著招呼，丫鬟們一起屈膝為禮。

「王老闆好。」

「啊，原來，小陳館子的鮮菌就是跟您店裡買的，我吃過幾回，真是鮮得我差點連舌頭都吞掉。」

「真羨慕，我還沒這口福呢！」

「王老闆快請上座。」

眾人熱情迎接，來到客廳裡圍著圓桌坐下，把主位旁的位子讓給他，最好看的兩個丫鬟靠過來伺候。

豪宅主人是個中年男人，體態瘦削，穿著濃濃墨綠色的衣裳，沒有讓丫鬟動手，而是親自倒茶，臉上笑意盎然。

「久聞王老闆大名，今天您能光臨寒舍，實在是我等的榮幸。」

主人徐聲說道，倒入杯中的熱茶飄散著說不出的香味。

「來，請用茶。」

「多謝。」

王欣喝了一口，訝異茶湯滋味意外的甘美，不論鼻端或舌尖，都縈繞著茶湯的芬芳，就連他最富貴時嘗過的好茶，也比不上萬分之一，還令他原先的疲倦與乾渴都消失，整個人精神為之一振。

再加上眾人左一句王老闆、右一句王老闆，敬重又有禮，熱情得讓他遺忘這陣子受的冷臉，他彷彿回到意氣風發，人人爭相討好，拜託他收購或販售菇菌的昔日。

「我姓呂，單名一個登，喜歡結交朋友，到家裡喝茶談天，承蒙大家不棄，每旬的第一天都到我家相聚，大家都是老面孔，今日有王老闆加入，真是一大喜事。」

主人聲音低沉好聽，說話時有歌唱般的音律。

王欣一邊喝茶，一邊聽著，覺得有些暈暈然，全身上下、從裡到外說不出的舒服。

「今天該輪到誰說了？」

呂登問道。

有個穿油布衣袍的男人開口：

「我。」

人們的視線都望向他，王欣也不例外。

「你有什麼事要分享？」

眾人一致問，連丫鬟也一起說著，聲音在屋宇中迴盪。

「我姓簡，名益，是上回才來參加的。」

他說得仔細，娓娓道來。

「今天，我決定說出自己的事。

我專賣梳篦，挑著擔子走街竄巷，用過我家梳篦的，都會再光顧，所以生意不錯，娶妻生子後，還有一筆不少積蓄，日子過得舒適。

但是，去年初冬時，我遇到一件事。

有個女人長得很豔麗，在街角開了間茶鋪，雖不接待女客，但每日都客滿，沒有座位的男人們在旁站著，也不肯走。

她跟我買梳子，請我喝一杯熱水。說也奇怪，熱水經過她的手，就變成香噴噴的茶，我被迷住，從此每日都去喝，連生意都不做了。

妻子哭著罵我，我無動於衷。

孩子哭著求我，我置若罔聞。

只要想起，那女人身上的花香，我就被魅惑，非要去茶鋪見她。最後，妻子哭著來拉我，用力到把衣衫扯破，質問我，明明說過只愛她一人，永遠不會離開她。

但，我一心只有那女人，就對妻子說：『不，我愛的是她。』

那天之後，我不知怎麼醒了，杯子裡的茶，變回無味的水。

想到對妻子失言，我連忙趕回家，卻不見妻子與孩子，看桌上的字條，才知道她對我死心，連孩子也帶走。」

聽見妻離子散的慘況，王欣心有戚戚焉。

不同於簡益，他還要照顧兒女，笨拙得焦頭爛額。

「簡兄辛苦了。」

呂登點頭，面露同情。

「說來，都是那人的錯。」

他說。

在座的賓客，除了王欣外都贊同。

「是啊！」

「唉，被那人禍害了。」

「跟我們一樣呢。」

王欣聽得迷糊。

「那人？」他很困惑。

呂登點頭，很肯定的說：

「是啊，那人。」

帶他來的陳四補充：

「就是木府裡的那人。」

木府？

王欣愣愣的手腳一顫，腦中閃過警覺。

木府的主人，就是硯城的主人。

歷代的主人都很年輕，如今在木府裡的，是個語音清脆，模樣彷彿十六歲的少女，神情舉止帶著一分稚氣。

他們所指的，不就是……

眾人的目光都集中在他身上，甘美的茶湯在他體內流淌、滲透，內外相乘的力量，讓警覺淡去，他的瞳眸無神，茫茫然跟著點頭。

「那人。」他說。

「對，」

所有人點頭，重複。

「那人。」

穿黑底繡金衣裳的男人咳了咳，吸引眾人目光。

「我的事情，雖然大家都聽過，但王老闆不知曉，就請讓我再說一遍。」

「我贊成。」

呂登說道，和藹又可親，眸光映著衣裳，有墨綠的顏色。

「大家覺得呢？」

除了王欣，眾人異口同聲，連點頭的幅度都相同。

「好。」

男人就說了起來。

「我父母開小館子，賣的是酸湯魚。」

他沒提自己的姓名。

「賣酸湯魚辛苦，賺的都是薄利，我不願意接手，就拿了父母的積蓄，想著要到山路上開間店鋪，賣些瓜果或簡單吃食。

但是，店鋪開了，卻沒人光顧，本錢很快就要蝕盡。

我到處去看，發現人們常走的山徑就那幾條，山口早有店鋪，難怪害我生意不好。

想了幾天，我終於有了主意，跟獵戶買來一隻中了陷阱的虎，偷偷關在籠裡飼養，給食物讓虎養傷，還用長矛戳刺，激發虎的獸性。

一個月後，我縱虎歸山，再放出風聲，說猛虎傷人，人們害怕起起來，就不再走原先的山路，轉而經過我的店鋪，讓我由虧轉盈。

那時，我每天賺的錢，比每天拍死的蝴蝶更多。

誰知道，不久後，我的店鋪突然消失，連那條山路也不見。

我倉皇在山口徘徊，卻遇到獸性大發的虎，抓得我滿身都是傷，好不容易才脫身，雖然活命卻賠光銀兩。」

王欣聽著，隱約想起，曾經聽妻子提起。

有人在山裡迷路，繞了好幾天都走不出來，以為就要死在山裡。後來，是靠一隻蝴蝶帶路，才能活著回到硯城……

「說來，都是那個人的錯。」

同樣的語句、同樣的語音，打斷他的回憶。

呂登看著他。

所有人都看著他。

「是啊！」

「唉，被那人禍害了。」

「跟我們一樣呢。」

「是木府裡的那人。」

那些字句，溜入他的耳，滲入他的腦，思緒被侵吞，他不由得點點頭，說出跟眾人同樣的話語：

「是，」

他贊同。

「都是那人害的。」

他何嘗不是如此？

要不是那人，真菌不會來到硯城。他就不會去取真菌，先是用蠶，後用牛羊來培養，更不會賠得血本無歸，落到如今悽慘的下場。

是了。

都是那人。

都是那人所害！

他深深恨了起來。

跟眾人聊過後，因為有了可恨的對象，他就輕鬆了起來，隨著人們說說笑笑，沒有發現嘴角勾起的弧度，變得跟眾人都相同。

直到聚會即將散去，呂登揮了揮手，一旁俏麗的丫鬟就捧來一疊紙，分送給參與聚會的人士。

那是張黃紙，寫了個看來潦草，卻很有魄力的「福」字，字乍看是白色，細看帶有淡淡的紅。

黃紙遞到面前時，王欣猶豫著，不敢伸手去接。

「我、我沒有銀兩。」

這樣的字符，通常是有咒力的人所寫，要花費銀兩去換，才能把福啊、安啊、吉祥、如意之類的請回家中。

呂登笑了笑，親自把黃紙塞給他，殷勤說道：

「這不需銀兩，是讓大家帶回去，添福擋災用的。」

他眼瞳墨綠，笑容熱切。

「記得，大夥兒要互相幫助，往後多多聚會。」

既然是不用錢的，王欣就收下了。

呂登還說：

「下次，你也可以帶朋友來。」

不論賓客或是丫鬟，視線都集中在王欣身上，他的眼神逐漸變得相同。

「好。」

他答應，知道自己還會再來。

這樣的聚會，王欣去了好幾次。

有些菇菌，會讓人吃了之後上癮，從此一餐不食，就痛苦難耐。

就像是對菇菌上癮的人，他也對聚會上癮，每旬的第一天就去呂家參與，聽每個人的話語，一起點頭贊同。隨著聚會次數增加，參與的人也愈來愈多。

有幾個要追債的，跟他去了呂家，聽了聚會內容後，就不再跟他要債，彼此還成為好友，也拉別的人去。

每個去過聚會的人，都拿到字符，除了在家裡貼，有多的就轉贈給別人。

還有人很熱心，去勸說他離去的妻，說很多人又去跟王欣買菇菌，回頭客比以前還多，妻子於是去偷偷觀瞧，確定生意比以前好，王欣也日日笑容可掬，和善待人，她才搬了回去。

每旬的第一天，王欣會擱下生意，逕自去呂家。

起先，她有些微詞，但看到丈夫認識的人愈多，家裡生意愈好，也不再追究，反倒希望他多去。

當丈夫又帶著字符回來時，她邊搥著肩膀，邊抱怨著：

「要不是兒女需要照顧，我也想去參加。」

一改往日脾氣，變得溫柔的王欣，將妻子攬在懷中，輕聲笑了笑。

「那有什麼難？」

他將妻子轉過來，墨綠近黑的眸深情款款，用手指輕輕觸了一下妻子的鼻尖。

「下次，妳和孩子們都跟我一起去。」

妻子很高興，丈夫的改變，讓兩人恩愛許多。

夫妻情濃時，客廳卻傳來哭叫，一陣腳步聲咚咚的接近，女兒跑進來，氣喘吁吁的喊道：

「不得了了，」

她急忙招手。

「爹、娘，你們快來看！」

妻子轉過頭來，責怪的說道：

「什麼事情，大呼小叫的，沒個女孩子的樣子。」

王欣輕搖她的手臂，溫聲軟語著：

「別惱，我們去看看。」

妻子沒了脾氣，情深依依的跟著丈夫往客廳走去，活潑的女兒跑在最前頭，嘴裡嗑呼著：

「爹娘來了！你完蛋了！」

大廳裡頭，年紀尚小的兒子坐在地上，手上跟身邊是扯得破碎的黃紙，仰著大頭，淚眼汪汪的看著父親。

「爹爹，對不起。」

他抽噎著。

「弟弟爬上桌，把爹爹最在乎的那個『福』字抓下來，還扯破了！」

女兒忙著告狀，邊慫恿著：

「爹，你快罵他！」

紙被扯碎，字也破碎。

兒子哭得更大聲。

「嗚嗚，是姊姊來搶，紙才會……才會……」

被栽贓的娃兒，委屈到極點，雙手在地上拍打，沾上很多看似白色，卻帶著淺淺紅色的粉末。

王欣蹲下來，把兒子抱進懷裡，又伸手向女兒招了招。

「不要緊的，」

他和顏悅色的說：

「我知道，不是你們的錯，都是那人的錯。」

「那人？」

兒子不再哭，重複父親的話語。

女兒聽得好奇，也走過來：

「什麼人？」

「木府裡的那人。」

破碎的字符，被風吹起，殘缺的「福」字，在室內飄啊飄，有的貼上他們的衣，有的貼上他們的鞋，有的貼上他們的髮，有的無聲無息落下。

王欣開始對家人說起，重複聽來的言語，字句每被說出一次，就多一層力量。

字句如種子，在聽的人心中扎根，生出的根很細很細。

但是，只要一旦生長，就無法消滅，最終會破壞原本堅定、無法撼動的部分。

這話語、這根的芽苗，在硯城散布，變多又變多，悄悄滋長蔓延，一發不可收拾。

伍

邪門

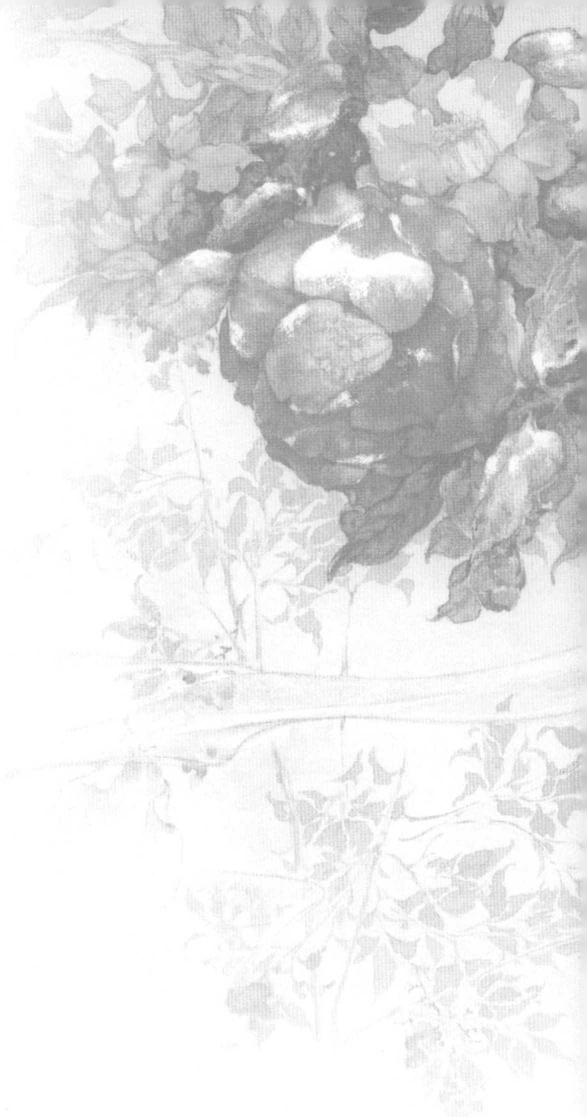

恨。

恨啊，好恨啊。

木府最深處，一棟無人能尋見的幽暗樓房開始顫動，從輕微漸漸變得劇烈，封閉的窗格嘎啦嘎啦作響，連屋上的瓦片都落下，散在地上摔得粉碎，卻奇異的沒有發出半點聲響。

恨。

恨啊，好恨啊……

被禁錮的強烈恨意，無聲無息的甦醒，漸漸流洩而出。恨意之深，連煉獄都為之失色。

即使數百年過去，它依然牢牢記著，那清麗得像十六歲，卻又不是十六歲的容顏，以及聽來脆甜的嗓音。

恨她在日光下走來時，長長的、烏黑的，如最上等的絲綢，泛出柔和美麗光澤的長髮。

恨她清澄如水，靈動而黑白分明的雙眸，長長眼睫眨動時，眸中的盈盈水光，看來格外惹人憐愛，讓人與非人都沉迷。

恨她粉潤的唇瓣，輕輕微笑時，就足以讓硯城內外所有花朵都自慚形穢，引來無限愛慕。

恨她舉起手時，寬大衣袖無聲滑下，露出的皓白手腕，以及纖細水嫩，指尖泛著潤潤粉紅的雙手。

恨她柔若無骨的姿態。

恨她的甜言蜜語。

恨她的芬芳。

最恨最恨的，是忘不了她的自己。

被封印在樓房中，隕鐵為柄、金剛做面，斧面上淺刻古老文字的利斧，在無光的黑暗中，反覆回憶著關於所恨女子的點滴，愈是恨得深濃，回憶就更是清晰。

它的主人是所向披靡，令萬獸萬妖萬鬼僅僅聽聞名號，就戰慄不已的蒼狼。它深深以主人為傲，在主人的役使下，戰勝過無數妖魔，連最堅硬的山峰都能輕易劈得粉碎。

必勝的戰役逐漸變得索然無趣，主人厭倦殺戮，來到硯城休憩，起初倒也歲月靜好……直到那個女人出現！

啊，回憶教它冰冷的身軀變得滾燙。

恨啊。

那麼恨、那麼恨、那麼恨……

即使相隔多年，她的一言一語、一顰一笑，每一聲嘆息、每一次顧盼，它都記得分外清晰。

利斧發出尖銳的嘯聲，樓房震動得更厲害，磚瓦瀕臨崩解，即將碎散無蹤，失去羈押的力量。

它亟欲突破封印，執意要再見到那個女人。

那個清麗嬌美，卻虛情假意、滿嘴謊言的女人。

它忘不了她。

那個硯城的主人、木府的主人。

姑娘。

原本，它深眠在另一處封印，寒盡不知年，多少花開花落、人與非人的生死或愛恨，都無法侵擾它無盡的夢。

夢裡有五百年前初見她的那日，那巧笑倩兮的模樣，她一身綢衣無繡，卻有桂花的淡淡柔黃，也有桂花的淡淡花香。

我是這任硯城的主人。

她不像其他任的硯城之主，對它的主人忌憚萬分，或是厭惡卻無可奈何，反倒主動親近，獨自來到雪山山麓。

我們不需要敵對，也不需要漠視彼此。

她清脆的嗓音，帶著笑意，友善而誠懇，讓人與非人都難以拒絕。

我們可以好好相處。

嬌小的身軀無畏的上前，她取下簪在髮間的茶花，向主人遞出時候，綢衣寬袖拂過斧面，它感到一種前所未有的情緒，彷彿變得極為強壯，同時也極為軟弱。

如果你願意的話，明天就帶著這朵花到木府來。

她輕聲細語，雙眸比最亮的星星更璀璨，粉嫩的雙頰泛著紅暈。

我請你喝最好的茶。

第二天主人就帶著花，進了硯城、入了木府。

從此來往頻繁，直到兩人定情成親，之後就也住進木府。它從未見過主人如此快樂，兩人情投意合，形影不離……

一再重複的甜美夢境，在去年的某日，因為結界被破，陡然間消逝。

封印它的力量很強大，隨著歲月流逝，力量逐漸削弱，但封印被破，仍是意料外的事。

破壞封印的男人，穿著飄逸的白袍，雖然樣貌俊美，但雙手魔化成粗糙黑綠、浮凸可怕的利爪，有濃濃的腥臭味，散發無意掩飾的邪氣。

「你是大妖的武器，名喚破嵐，對吧？」

男人的聲音裡有著深深憐憫，魔爪仔細挖開泥沙，小心翼翼的將它取出。

「那個狡詐無情的女人，欺騙你的主人作為犧牲後，竟還將你封印在這裡。一旦達到目的，成為神族之後，她就將你們拋在腦後了。」

魔爪一遍又一遍，緩慢而極有耐心，撫去年久積累的細沙，直到斧面重新現出古老文字，斧刃重現當年的鋒利，散發淡淡青光。

「她騙了你們，也騙了我。」

白袍男人輕聲說著，語音柔順醇厚，像是最好的酒，每字每句都催眠著它。初醒的它，聽著男人的話語，彷彿被覆上一層又一層，無形卻又無法掙脫的束縛。

「你想不想見她？」

男人聲音好輕。

它劇烈顫抖著。

因為恨。

也因為期待。

「讓我協助你，為你的主人報仇。」

男人雖是魔，卻能助它達成心願，它迫不及待答應。

去年隆冬，雪山下，它終於再見到她。

清麗容顏、烏黑長髮、靈動雙眸、粉潤唇瓣、軟軟雙手、柔弱無骨的姿態、脆甜的語音，還有它在封印裡，反覆回想無數次的淡淡芬芳……

她還是初見時的模樣，但身旁卻有個男人，兩人舉止親密，言語神色都相互關心，絲毫不掩飾恩愛之情。

深感遭遇背叛的破嵐，在魔的手中低低嗡鳴，含恨的吼。

見到它出現，她身軀明顯僵硬，往後揮手，聲音裡有藏不住的焦急：

「帶雷剛走！」

「我要留下！」男人大吼。

她更堅定。

「不行！」

幾句言語洩漏她與男人的感情。

她愛著那個名為雷剛的男人？

那它的主人呢？她曾信誓旦旦，說不負主人，直到天長地久。

她騙了你們。

魔說的沒錯！

破嵐恣意旋飛，恨意太銳利，在夜色中切劃裂縫，洩漏進日光，毀壞黑夜與白晝的界線，要讓硯城暴露在純粹白晝下，摧毀這可憎女人守護的硯城。

信妖聽命捲起那男人，眼看就要飛逃，男人不肯離去，在信妖包裹下仍往她走近，不肯棄她離去。

他們竟如此情濃？

「全都留下吧！」

魔在獰笑。

「妳的神血最先替我找到的，是妳五百年前設下的封印，力量已經很薄弱。」

是啊是啊，都留下，全都納命來！

「雷剛，當初她就用這把斧將大妖釘在封印裡。」

魔笑得嘹亮，興味盎然。

「你知道那個大妖是誰嗎？」

「閉嘴！」

綢衣飛袖，攻勢淩厲，她臉色雪白。

原來，那男人名喚雷剛。

原來，她甚至沒有提及，她與主人的往事。

含恨的破嵐攔截綢衣，輕而易舉割開，從綢袖的最末端直直劈向那張反覆想念數百年的臉，飢渴的要湊近，看得更仔細。

那它呢？

她肯定也沒提及到它吧？

「那個大妖，就是她的丈夫！」

因為靠得夠近，破嵐清楚看見，她眼中的擔憂，還有驚慌。她強行將男人推開，忙於用綢袖包裹它時，雖吃力得額上冒汗，卻還望了那男人一眼，眼中情愫勝過千言萬語。

男人舉起大刀，想要為她阻擋。她卻迅速退開，施下不可動彈的咒，因此分散力量，讓它有機可趁，斧刃劃開綢衣。

「不許再說了！」

她怒喊，氣惱不已。

「你能阻止我嗎？」

俊逸如仙，實則為魔的男人笑問。

她詭計多端，拿出一塊墨玉，圈劃時錚錚作響，現出顏色深暗、質地堅硬的龍鱗之盾。

雕蟲小技！

協助主人的豐富戰史，讓破嵐知道龍鱗不可摧毀。它迴避龍鱗，飛昇向上，才又急速下降，飛旋過去切斷它想念太久的長髮、綢衣、繡鞋，以及那芬芳的肌膚。

黑龍上前，利爪交迭，龍氣灌滿全身；信妖縮成最小最硬的磚，都來阻止它。

啊，滾開滾開，它要殺的是她，執意與她不共戴天，對其他的人與非人都沒興趣！

「感受到了嗎？」

魔還在說著。

「這武器上充斥對妳的恨意。」

是啊，恨。

好恨好恨！

破嵐恨自己，惦記她，竟比惦記主人還深！

所以，砍入她身體時正中胸膛，劈砍得很深，傷口噴出紅潤的神血。它不肯罷休，非要致她於死地，凶狠的橫劃，要看看這無情女人的心，是生得什麼模樣。

鮮血灑得很多，連飄落的雪花都被染紅。

一身是紅的她，如似她與主人成親時，穿著豔豔婚服的模樣……

名喚雷剛的男人卻奔來，讓她脫離劈斬。

它也恨這個男人。

恨他竟與她相愛，取代主人的位置。

不同於對黑龍與信妖的無痕穿行，它飛劈過去，跟他手中的大刀撞擊出金色火花，力量加強，將他往後推行，刀身在它的斧刃下幾乎斷裂。

他仍不肯退開。

該死！

它在半空旋飛，再往男人襲去。

刀斧相接時，大刀崩了個口，碎片迸射，擊中了他的額頭，他的血濺到斧面……

咦？

這是什麼？

「停下！」男人厲聲大喝。

這感覺、這語氣已經消失太久，但扎扎實實入了神魂，如今乍然而現，它震驚又迷惑，一時氣力都消失，被男人擋擊，先撞上山壁而後落在雪中。

等等，那是……那是……

那是它的……

破嵐想再飛起，信妖卻爬來，連同她的神血與男人的血、言語，緊緊的、嚴實的包裹住，禁錮它的行動，也禁錮它的思想，它在一切暗然前想起，那是……

那是……

太陽墜入西山，夜漸漸深了。

白晝的人潮散去，硯城中的四方街廣場點上燈火，仍舊很是熱鬧喧嘩，白晝做的是人的生意，夜裡就是非人的聚會，有些店鋪白晝不開張，只在夜裡營業，賣的是非人的用物，物件都很新奇。

生意最是興隆的，是代寫墓碑的生意。

即使做了鬼，也是愛面子的，覺得子孫讓人寫的墓碑文不滿意，或者是墓碑老舊，乾脆拿著冥餉，換塊樣式新穎的。

至於碑上的題字，有的愛東街王夫子的，字跡飽滿喜慶；也有的愛西街陳夫子的，字跡清瘦卻有勁道。

有些人刻意深夜不睡，也愛去跟非人湊熱鬧，入店要先放把銀兩放桌上，店家才知道分別，就會送上人的吃食。

四方街廣場中央，樂人們各自拿著樂器，在練習「百鳥朝鳳」一曲，預備在姑娘成親那日演出，不論是胡撥、曲項琵琶、蘆管、十面雲鑼等等，都彈出美妙動人的曲音。

因「百鳥朝鳳」這曲，寓意眾望所歸，平時不能聽到，只有在硯城的主人成婚時才能演奏，所以好奇者很多，引來很多圍觀者。

一個穿著墨黑斗篷的身影，從長街那頭走來，經過廣場時沒有停留，和人與非人們錯身而過，對吃食、用物、享樂都沒有興趣，腳步很輕，被斗篷下擺拂過的五彩花石，顏色都變得略微墨黑，直到那身影走遠才恢復，只是天色太黑，沒有被察覺。

離開熱鬧處，身影走的路徑愈來愈窄，愈來愈幽靜，終於走到一排樹齡數百年，葉片尚未轉黃，蒼勁挺拔的銀杏樹旁。

銀杏樹分公母，雖然都會開花，但公樹不結果，樹身偏高瘦，母樹深秋時結果，樹身偏矮胖，不論公樹母樹的葉片都片片如扇，公樹的葉片裂痕大且深，母樹則裂痕淺。

連樹也能成雙，相守數百年，甚至千年。

墨綠斗篷下的雙眸，注視著銀杏樹，生出一絲恨意。她掀開斗篷，露出一張清麗幽冷的臉龐，膚色白中透著青，長髮黑得近乎墨綠。

她伸出手，那手潤得有如白玉，白裡透紅，掌心軟嫩，五指修長，指甲是淡淡的粉紅色，一束粉末從那美得不可思議的手中流洩而下，簌簌簌落在銀杏樹前。

暗影冉冉浮動，粉末從下而上飄起，如似淡淡墨色的紗，透過細沙望去，銀杏樹之間變得扭曲朦朧，穿著墨黑斗篷的纖纖身影踏入細沙這邊中，竟未在細沙那邊出現，而是消失在沙末中。

左手香無聲無息進了木府。

木府雖然無牆，但是二十四個方位都有隱形的門，被姑娘布下結界，非要有灰衣人帶領，才能進木府，否則就算走入，所見也是幻術變出的景況，以為已走入深處，其實只是跨過第一道門檻，在幻境中迷途。

此處無門，反倒防不勝防。

左手香灑下的粉末，是昔日尚未叛離姑娘時，長期蒐集來的姑娘之髮，結界因此被迷惑。

況且，她已經魔化。

魔化的力量很強大，也比較快。

她曾在木府裡，住過許多年，從上一任的木府主人公子，到這一任木府主人姑娘，都掌管藥樓。當年因為雙目全盲，不受幻術影響，對木府內複雜的路徑反而記得很熟悉。

沾著髮沙的她走過一處處庭台樓閣，經過一個個庭院，沒有驚擾到沉睡中的人與非人們，甚至是姑娘與雷剛。

經過一處院落時，她稍稍停下腳步。

這是她曾久住的地方，是她愛人親手布置，裡面一塵不染，牆角有大瓷缸盛著清澈的淨水，臥榻的軟褥上，繡著墨綠草葉，摺疊得整整齊齊，榻旁有個精緻藥櫃，擺放珍貴的丸散膏丹。

她的愛人，名為吳存。

曾經，她雙眼全盲，痛恨非得依賴他，將他取名無存。但相處多年，生出情意後，她想為他改名，偏偏名字一旦說了，就等於是咒語，只能改為吳存。

她費盡周折，才得到現在這雙難得的好眼睛，能將他深情凝望與說情話的神態都看得清楚。當年服侍她的少年，如今已到壯年，很快的就會是老年……

左手香不甘心！

活了那麼久，直到與吳存相戀，才知道什麼是快樂，於是她跟魔化歸來的公子合作，要替吳存掏換全部內臟，使他能保持健壯不老。縱然，姑娘以這雙眼睛，與她暫時取得和平共處，但她終究還是叛離。

為了打倒姑娘，她冒險再回木府，來到最深處。

這裡封印著妖斧。

雙方幾次對戰中，真正能重傷姑娘的，唯有妖斧。

有了鸚鵡助防，再加上兩位龍神，以及聽命行事的信妖，公子魔心硬的部分被毀去，軟的部分被她深藏，要想真正滅去姑娘，實在非常棘手，她謹慎行動，步步為營，要求得必勝之道。

妖斧被封印在無人能尋見的幽暗樓房裡。

而她不是人，是魔。

越過碎落的瓦片，封閉的門窗開啟，披著髮沙的左手香，踏入屋宇中，望見被長繩穿綁，懸空固定在屋子中央的妖斧。

「啊，破嵐。」

她輕輕喚著。

「我終於見到你了。」

妖斧劇烈顫動，恨意流淌滴落，因為底下無磚無土，恨意即使不斷滋生卻不能累積。

雪山一戰後，它被信妖包裹著帶回。

然而，此時真正發揮禁錮之力的，是一件男用衣袍，還有那條長繩。兩者看來雖用舊了，但因為用得珍惜，並無破損。

左手香靠近，仔細觀瞧著，嘴角慢慢浮現笑意。

衣袍跟長繩雖然無損，但是，有某種極黑又極小的點，在表面發出黑黑的芽，隱密又仔細的生長，根深深鑽探入裡，使得封印漸漸弱了。

那些，是公子說出的惡言。

惡言一旦聽了，就會受到影響。

雷剛縱然在清醒時不動搖，對姑娘情意真摰，但在他夢中的夢中的夢裡，魂魄的深深處，惡言已經扎根生苗，從內點點腐蝕。信任即使不變，卻會損缺得少了，衣袍與長繩才會出現霉斑似的黑點。

至於，為什麼用雷剛的用物，來封印妖斧，答案清晰可見。

她伸出手觸及衣袍，美麗得每個動作都像是十五歲少女的表情般鮮明，耀眼得彷彿在發光的手，陡然變得枯槁，嫩白化為蒼老，鬆弛如死雞皮包裹的嶙峋指骨，指尖還泛黑。

這麼強大的力量，能輕易毀滅魔化的她。

左手香不驚不懼，反而淒然一笑，慢條斯理的掀開衣袍，讓衣裳飄落到下方的無底深淵去。

換做是先前，姑娘的力量強大時，身為魔的她僅僅是觸及封印，肯定就會灰飛煙滅，消失為無。

公子的惡言，不但對雷剛起了作用，也對姑娘有影響。

她之前裝病詐死，連雷剛都蒙蔽，為了保住他不起異心，才會動用一切，忙於籌備婚禮之事，趕著要盡快成親，人與非人都忙碌起來。

這麼一來，管轄就有疏漏，讓邪祟有機可乘。

沒了衣袍，只剩長繩制約的破嵐，從恨意中轉醒。

「你想起來了嗎？」

長髮漆黑的魔，輕聲細語的問。

「再度封印你的，不是姑娘的神血，是你主人今生的血與喝令。」

妖斧顫抖著。

主人！

是了，那滴血裡有熟悉的氣味，雖然很淡很淡，卻真是主人的味道。

啊，戰無不勝的主人！

它沒有想到，主人竟能轉世。

更沒想到的是，主人轉世後，竟還跟那女人在一起。

「可憐的大妖，前世受她欺騙，在她五十年的掌管期滿後，犧牲成為硯城的祭品。」

魔嘆息著，與它同仇敵愾。

「今生，她竟還又騙了他，再想用他來抵償。」

每任硯城的主人，都必須獻出最在乎的那人。

五百年前，它的主人成為祭品，那女人成為永遠不老不死的神族，如此才能保持硯城的平衡。

獻出的祭品，是要最是在乎，卻不必是所愛。

如果，她真的愛主人，怎會捨得拿主人去抵償？

「她也騙了我。」

魔幽怨的說，輕聲又細語，只有它能聽見。

「她要拆散我與心愛的人。她虛情假意，就見不得真有情意的，公子與我都為心愛之人成魔，就她為了成神、為了硯城，什麼都可捨棄。」

破嵐瘋狂的扯動長繩，焦急得沒有理智。

不可以！

放開我放開我放開我放開我放開我放開我……

放、

開、

我、

魔，快放開我！

「好的。」

泛黑的指尖溶化，露出森森白骨，付出太多了，就連她的模樣也有變化，根根有絲綢光澤，被細心保養，梳理得很是美麗的長髮都化白。

「你會讓她再次得逞嗎？」

不能——

妖斧的回應，如似霹靂雷炸。

樓宇破潰，磚瓦屋樑都炸裂，原處再無建築。

長繩懸在半空，被濃稠黑膩的液體慢慢滲透，但聲音仍舊被封住，即使力量再強大，也被無底深淵吸納。

「我想救愛人，也想救你的主人。」

只剩容顏還維持不變的左手香，唏噓的說著，眼角落下黑膩的淚。

「但是，硯城終究被她管治，加上你我的力量仍舊不足。」

不堪腐蝕的長繩斷開一邊，落進深淵裡。

破嵐就將重獲自由。

魔的淚一滴滴落在斧面，滲進古老文字的淺淺刻痕裡，漆黑的表面映著清冷容顏，隨她說出的每個字，震出小小漣漪。

「唯有你，能破開一道邪門。」

她說的話太動聽，說進妖斧的神魂裡。

「破嵐，去找你主人的朋友來，回硯城喚醒你的主人，我們一起嚴懲那女人。」

另一段長繩也斷了。

妖斧隨著漣漪顫動。

好！

它復仇心切，聽入魔言。

銳利的斧刃飛旋，破開濃濃夜色，脫離封印竄入虛空，眨眼就消失不見。因為沾了神血，來去自如，已經飛離硯城很遠很遠。

釋放太多力量的左手香，用指骨掀起斗篷，枯槁衰老的身軀上留有髮沙，走出木府深處時，雖然如來時一般，沒有驚動人與非人，但動作遲緩，每一步都走得蹣跚，偶爾還踉蹌得幾乎跌倒。

夜很深了，她要盡快回去。

被她撫順血路，除去擔憂的吳存，在安全的地方安眠。他不知道她魔化，更不知後路險惡，無憂一身輕，以為他們能幸福快樂、天長地久。

踏著五色彩石的她，經過一戶戶人家，汲取源源不絕的惡力，漸漸的斗篷下的長髮恢復烏黑，雙手長出血肉，不再是蒼老枯朽，而是美得耀眼，散發著微微光亮。

除了破開邪門，硯城還有一處捷徑，但那處有瘋狂的千年紅蛇，力量比魔化更深不可測，無法利用。

另外，她雖與公子結盟，卻不是全然信賴。

左手香記得，春季最末那晚，將她從睡夢中驚醒，那聲白鴉被吞食前悽慘的哀啼。

公子雖對夫人情深，仍無情吞吃了情深的凌霄與商君。事實證明，公子只在乎夫人，其餘的一切對他都沒有意義。

所幸，魔心柔軟的部分被她深藏，她會讓公子成為助力，但不會讓他恢復全力，只讓他能協助撲殺姑娘。

纖瘦的她在夜裡走著，心裡想著吳存，嘴上一邊輕聲說著：

「我不怕。」

她說給自己聽。

「我不怕、我不怕。」

為了吳存，她什麼都不能怕。

美麗的雙手，在深夜中探找，有個健壯的男人，在睡夢中悄然死去，雖未破膚裂肚，更未有半點鮮血，五臟六腑卻被徹底翻找檢視，除了肝臟之外，還被取走別的臟器。

肝是要給公子食用，而別的臟器，是要為她深愛的男人替換，讓他變得更年輕、更健康，能與她相伴長久。

她無路可退，即便歧途艱險，也只能走到底。

「我不怕。」

魔說著，漸漸消失在黑夜中。

陸

蚊言文

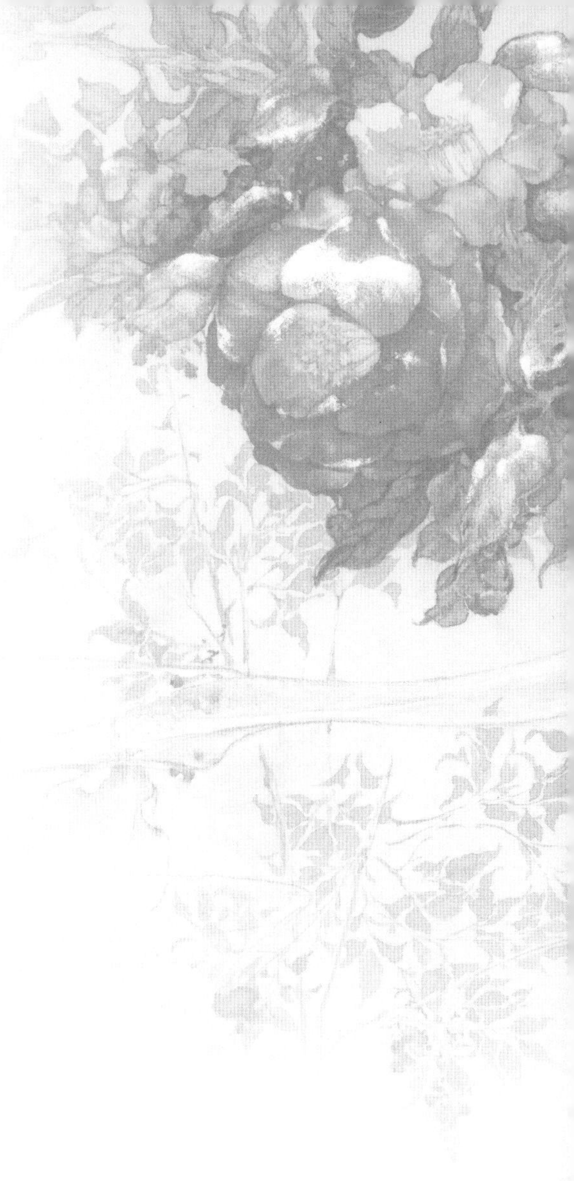

姑娘即將成親的消息一出，不必信妖逐一通知，人與非人們就忙碌起來，亟欲為這樁喜事獻出心力。

城裡手藝最好的銀匠程奇，索性關了店面，在家裡專心製作首飾。

他工藝頂尖，做過最奢華的，是上任硯城主人娶親時，為新娘訂製的一頂鳳冠。

鳳冠上裝飾了九隻鳳凰，每隻口中啣著一串珠寶，包含兩顆珍珠，黃寶石、藍寶石各一塊，周圍襯著用五十六片翠鳥羽毛點出的如意雲片，十八朵以珍珠、寶石所製的梅花環繞其間。

婚禮當天鳳冠上的鳳凰展翅、尾羽飛翔，身姿舒展，靈動得栩栩如生，讓全城的鳥兒們都羞慚，好幾日不敢揚羽飛翔。

婚禮過後，木府送來一個小木盒，打開後有塊小小的銀。

銀塊雖小，但質量上佳，用來抽成細絲，比先前用過的各種銀都來得柔軟好用，製作出的花絲竟能更光亮。

更神奇的是，木盒裡天天都會出現一塊這樣的好銀。

程奇很是珍視，不敢貪多，知道這賞賜的意義比銀的價值更重千千萬萬倍。

但是，公子魘化歸來後，木盒不再出現銀塊，而是偶爾流出濃黑腥臭的液體，他心生懼怕，就將木盒埋在庭院角落，忐忑的觀察。

那已是一年多前的事，埋下的木盒沒有異狀，他也漸漸淡忘。

這些日子以來，填塞腦中的，是要獻給姑娘的婚冠。

姑娘初到硯城時，程奇曾做點翠簪送去木府，用的是翠鳥背部的羽毛，這部分顏色鮮豔、紋理較細，還講究活時拔取，製成簪子後翠色欲滴，綺麗奪目。

簪子送去不久，就有硬眉硬眼的灰衣人來到，帶他進木府。

清麗的姑娘很和善，先謝謝他贈與的簪，誇讚他的手藝，略顯嫩紅的軟軟指尖輕觸點翠，翠色陡然脫離，羽毛環繞著姑娘舞動，很快聚合成十幾隻全身翠藍、腹部紅棕、喙嘴尖尖的翠鳥。

「點翠雖美，但拔羽後的翠鳥，很快就會死去。」

她將手中無翠、金絲敲壘的簪插入絲綢般的黑髮中。

「程師傅手藝高超，即使沒有點翠，這簪子仍能讓人愛不釋手。」

聽到姑娘這樣說，程奇往後就不再用翠羽，做出的首飾竟比之前銷售得更好，遠近的商人都捧著黃金或白銀，搶著要訂他做的首飾，這些年來供不應求，生意比以往興隆。

因為感激，這次要做的婚冠，他格外用心，反覆想了又想。

相比金銀，姑娘更喜歡用鮮花做簪，他要是用金絲掐編冠底，再堆出枝與葉，冠沿用圓潤珍珠裝飾，取小珍珠做珠簾遮面，到婚禮當天，取開得最嬌豔的鮮花搭配……

想著想著，手臂微微一痛。

他漫不經心，隨手抓了抓痛處，仍想著婚冠樣式。

只是，抓過的地方痛楚稍淺，別處卻又痛了起來。

那痛，像是有極小的針，戳進肌膚裡，雖不厲害，卻也惱人。

程奇擰著眉頭，回神環顧，才發現自個兒竟被蚊群包圍，灰淡淡的纖小飛蚊紛紛落在他衣衫外的肌膚上，尖尖口器刺入，引發痛楚。

啪！

他用力一拍。

一隻蚊慘死掌下，殘軀貼在那處，肢節破碎。

雖然拍死一隻，但蚊子數量太多，就算拍打一整夜也消滅不完，程奇身上各處都癢痛起來，不知被咬了多少處，再也不能專心，只能起身去拿艾草條，點燃後在屋內走動。

艾煙飄飄渺渺，蚊群飛散開來，往屋外飛去，退到院子裡去。

夏季有蚊不稀奇。

只是，這數量明顯比往年多，咬時還更痛。

程奇走到門邊，愣然發現庭院角落，蚊群密如黑柱，嚇得他連連倒退幾步，艾草條落在地上，隔著陣陣艾煙，密集的蚊群愈來愈稀薄，漸漸飛散遠去。

半晌後，他抬起手來，愣愣看著肌膚上的殘屍，寒意漸漸從背脊爬起，被蚊子們咬過的每個地方，如被星火灼過，癢痛感鑽得深深的。

他想起來了。

剛才蚊群聚集處的下方，土裡埋著當初公子賞賜的木盒。

四方街廣場上，有群青年男女在練習扯鈴。

髹塗了豔豔紅漆的扯鈴，隨著雙手的巧妙控制，扯鈴在棉繩上轉啊轉，再繃繩拋起，紅豔扯鈴有的飛高、有的飛低，如似空中拋灑紅花。

比拋灑鮮花更勝一籌的，是扯鈴雕有哨口，大哨口的發出低音，小哨口的則發出高音，眾多扯鈴響起時，高低音相互應和，聲音嘹亮破雲霄。

平時扯鈴是嬉耍，這時卻正經得很，不敢有所怠惰。

姑娘大婚那日，扯鈴隊會跟隨在婚轎後，一邊行走一邊將扯鈴拋高，接住後就以各種身段做出「平沙落雁」、「仙人過橋」、「左右望月」、「鯉躍龍門」等等花樣。那時，要是表現得好，就能受到誇讚，但要是出了差錯，肯定要羞得一輩子都抬不起頭來。

其中有一個俊俏青年，跟一個嬌美少女，相互看了許久，眼中雖都有情意，但年輕最愛爭強，都使出渾身解數，誰也不願落了下風。

扯鈴在棉繩上愈轉愈快，一時竟分不出勝負。

少女咬了咬唇，喊了聲：

「換。」

「來了！」

友伴喊著，拋出另一個扯鈴。

少女姿態曼妙，拋接間換了扯鈴，速度沒有放慢，聲音一改先前嗡鳴，變做清脆響亮的鈴聲，嵌在四個哨口的鐵片，隨鈴轉陣陣連響。

隨即，少女雙手一翻，將疾轉的扯鈴抖出。

青年揚了揚眉，沒有猶豫，接住拋來的扯鈴，原先的扯鈴仍在繩上，運起雙鈴來仍游刃有餘，嗡鳴與鈴聲共響。

眾人不由自主的喝采。

「好！」

少女仍不服氣，又喊了聲：

「再來。」

又一個扯鈴拋來。

她接住後，左手拉高過頭，右手靠近鈴軸往下拉，扯鈴滴溜溜的由下順繩往上溜，三十六個哨口鐵片齊響，在四方街廣場迴盪，不論是離得近的，或是離得遠的，都轉過頭來探看。

震動的鐵片，映著豔陽，在她滲著薄汗的俏臉上添了點點銀光。

「漂亮！」

有人喊道，不知誇的是技藝，還是少女容貌。

青年雙眼發光，彎起的嘴角似笑非笑，運著繩上雙鈴，一拋高、一放低，再靈活轉身接得妥妥的，做了個「鷂子翻身」。

人群再發出讚嘆。

「好身手！」

「再耍一個來瞧瞧！」

眾人鼓譟著，青年踏步上前，預備要再接她的扯鈴。

少女雙手平開，棉繩一緊，鈴聲大作的響鈴飛起。

運著雙鈴的繩，輕巧兜繞過來，眾人的心都往上提，沒有一個敢喘氣，轉眼間三鈴都落在青年繩上，他眉飛色舞的一笑，再要轉身……

「啊。」

凌亂的鈴聲蓋過輕呼。

青年倏地抽手，把手連著棉繩落地，原本靈動有秩序的扯鈴，失去控制後各自滾開，隨著滾速愈來愈慢，響聲也逐漸消失。

「可惜！」

「技巧還缺點火侯。」

「再練練吧！」

人們興致來得快，去得也快，視線逐一轉開。

青年卻低著頭，神情有些古怪的看著手背。

「怎麼了？」

友人好奇問，知道他本事很高，這次失手並非尋常。

他皺了皺眉。

「被蚊子叮了。」

「蚊子？」

眾人難以置信。

「你皮粗肉厚的，是多大的蚊子，能叮得你鬆手？」

他仍看著手背。

「叮得很痛。」

他強調。

少女收了把手與棉繩，抬手擦了擦額上的汗，眼光一直沒有離開他。過了一會兒，她鼓起勇氣，走到他身邊探問。

「你沒事吧？」

她問道，看出他的失手與技巧無關。

「沒事，」

他終於移開視線，望著紅彤彤的臉蛋，一時間竟羞澀起來，沒有運鈴如飛時的自信。

「這季節就是蚊子多。」他說。

相比之下，她就主動得多。

「我這兒有香囊，可以防蚊。」

她從腰間解下香囊，拉開繫繩，露出裡面曬乾的藥草。

「這裡面有艾草、薄荷、藿香等等，我每年夏天都戴著，從來沒被蚊子叮過。」

她拉起繫繩，把香囊塞給他。

「喏，給你。」

大手握著香囊，因為他的體溫，讓藥草的氣味更濃了些。

「給了我，蚊子不就要叮妳了？」

「沒關係，我不怕蚊子……」

話還沒說完，她陡然一驚，原地蹦了幾寸高。

「啊！」

青年連忙握住香囊，在她身旁繞啊繞。

「很痛吧？」

她點著頭，痛得眼淚汪汪，一手摀住手臂，反覆摩挲痛處，試圖減緩那針尖深刺般的疼。

「我很少被蚊子咬的。」

她委屈的說。

「快，把香囊收回去。」

青年說道，生出憐香惜玉之心，鼓出滿腔勇氣。

「別怕，就讓蚊子全都來叮我就好了。」

他這麼說著，一隻飛蚊就嗡嗡飛來，落在他猶有汗水的頸間。

「別動！」

她喊著。

小手舉起，揮了下去。

啪！

未能刺破肌膚的蚊，慘死在她手上。

只是力道沒拿捏好，祛蚊太急，他頸間被拍得紅了一大片。

「對不起……」

「沒關係。」

她尷尬收手，在裙上輕搓，蚊屍碎碎落下。

他不覺得疼，至少沒有蚊子叮那麼疼，只覺得頸間發燙。

「香囊妳拿好。」

有幾隻蚊子落在她髮間、衣衫上，他連忙替她揮手去趕。

她沒再拒絕，握著香囊，人往他身邊靠，幾乎要貼入他胸膛。

「這麼一來，我們都不怕被蚊叮了。」

藉口共用香囊，能夠站得這麼近，她心中泛甜，臉色嬌紅。

情愫初萌，他護著她，大手揮趕飛蚊，縱有不識趣的飛蚊，越過他防衛，叮咬他或她，兩人卻都覺得沒那麼痛，不說破香囊功效有限。

除了他們，人與非人們都唉唉慘叫。

「唉啊！」

「痛！」

「蚊子太多了！」

痛叫聲跟拍打聲此起彼落，蚊多如薄霧，硯城上籠罩一層灰霧，人與非人都受罪，被叮咬得又跳又罵。

啪！

茶莊學徒被叮得渾身痛癢，拿不穩手裡的茶壺，滾燙的水灑出，潑得店主跟客戶滿頭滿臉，燙得眼睛都看不見，慌忙間撞倒櫥櫃，幾組珍藏的好茶具摔碎，店主頭疼臉疼身疼心更疼。

啪啪！

賣現炸油條的，揮動長長筷子，身前油鍋熱燙燙，蚊子穿過飄移熱氣，鑽進衣衫裡叮咬，痛得他胡亂扭動，雙手隔著衣衫亂打，沒發現一鍋油條都炸過頭。

啪啪啪！

營業中的酒樓連忙關門關窗，想要保護客人，但蚊群早已飛入，整棟樓上上下下飛著，盤桓的嗡鳴迴盪，不論是客人或是伙計，已經被叮的大嚷叫痛，還沒被咬的提心吊膽想躲，店內你推我擠，桌椅翻倒、杯碗破碎。

還有人好心，卻辦了壞事。

看蚊子落在陌生人臉上，趕忙拍下去，對方卻已被咬，還莫名挨了一掌，當下氣惱不已，抓住動手的那人吵了起來。

學堂裡的孩子們，沒有心思習字，不論髮鬚皆白的夫子怎麼安撫，全都坐不住，有的鑽進課桌下，有的推門跑出去，有的哇哇大哭直喊娘。

連墳裡的鬼也無法倖免，因為少去肌膚，蚊子叮在骨頭上痛得更是椎心難忍，紛紛踹開棺材蓋，抖著壽衣跳啊跳，陪葬的金銀叮叮噹噹落下。

啪啪啪啪啪啪啪啪啪啪啪啪啪啪……

不論人與非人，都慘遭飛蚊肆虐。

除了木府之外。

一匹匹上好布料，在木府庭院裡展開。

原本，姑娘到了哪處庭院，花草為了討她歡欣，就會開得最茂盛，但今日為了挑選製作婚服的布料，花與草都低垂成軟毯，連顏色都不敢顯露，就怕干擾她選色。

姑娘對這件事很慎重。

所以，木府裡裡外外，人與非人們也很慎重，個個嚴陣以待，不敢有半點差池。

信妖怕灰衣奴僕們，也會干擾選色，於是把自己分成很多片，一個個都化為素白丫鬟們，輕手輕腳的傳遞布匹，逐一展現開來。因為是婚服，用的是喜慶的紅，但顏色略有不同，沒一會兒庭院裡就鋪滿深深淺淺各種紅。

庭院中央的素白大紙傘，遮蔽燠熱烈日，傘下有張精緻圈椅，椅上坐著膚色黝黑、體魄健壯，名聞遐邇的馬鍋頭雷剛。而在他胸膛上依偎的，是雙眸澄澈，一身素雅綢衣，貌似十六歲，也如十六歲少女般，眷戀情人擁抱，嬌聲輕語的姑娘。

「這匹布好看嗎？」

她仰望著，眼睫輕眨，粉唇柔潤，軟潤小手把玩著他以銀鍊繫在腰間，從來不離身的獐牙解繩鉤。

身為馬鍋頭，他長年領著馬隊出入硯城，沿途山路崎嶇，為了保證貨物能安全，總用繩索綁得很牢靠。只是，綁時牢靠，解時就難，所以需要用上解繩鉤。

他原本用的，是牛角磨製的解繩鉤，解大結時容易，小結就不易。

她心細如髮，何況又最是在乎他，相戀初時就送他這以銀包裹，綴以絞絲銀線，盤為靈動龍頭的獐牙，說獐牙解繩最易，且能避邪，即使他離開硯城，遇見什麼有歹意的人或非人都能逢凶化吉。

這是實惠用物，加上有她殷切祝願，為了讓她安心只能收下，之後用來解大結或小結都輕而易舉，他配戴久了就已習慣。

相戀已久，擁抱的姿勢很熟練，銳利的獐牙從不曾刺傷她，而她微微側著臉，既能看布匹顏色，也能看見愛人的容顏，嬌小身軀貼合他衣衫下陽剛的線條，被他的擁抱呵護，用體溫暖燙著。

見他不言語，她用肘輕輕一頂，嬌嗔的說道：

「我問你呢。」

他彎唇微微一笑：

「好看。」

「上一塊你也說好看。」

俏臉佯怒，眼裡卻都是笑意。

「今日我們看的每匹布，你都說好看。」

「真的都好看。」

他實話實說。

「你分得出嗎？」

她不肯善罷干休，非要問清楚。

「是茜草、蘇枋、檀木染的紅好看，還是硃砂跟水銀染的銀紅好看？或是金釁染的深橘紅好看？抑是紫梗染的胭脂紅好看？」

被提及的布匹深感榮幸，凌空飛起，無風自繞，徹底展現顏色，競爭得很激烈。

她繼續數著。

「還有牡丹的紅、朱槿的紅、玫瑰的紅、桃花的紅、茶花的紅……」

她愈是數，愈是忍不住笑，說到茶花時，已經笑倒在他胸前。

「真的都好看。」

他開懷大笑，笑聲朗朗，又湊在她嫩薄的耳邊說道：

「跟妳一起看，就都好看。」

她嫩臉酡紅，雙眸凝望他的眉目。

「你這是打發我？」

「不是。」

「真的？」

「我是信妳。」

他說道。

「好。」

她笑得更嬌，臥回寬闊胸膛。

有好一會兒，兩人都不說話，無聲勝有聲，相擁便知情濃。

只是，婚服的顏色還是得挑。

「硯城西北方向、雪山南麓上有棵兩株合抱的茶花樹，樹齡超過五百年。枝幹盤繞無間，一株是單瓣、一株是重瓣，開的花大多並蒂，每年開花有數萬朵，遠看如似紅霞。」

她娓娓道來，柔聲提議：

「不如，就取那兩株茶花的紅，你用單瓣那色、我用重瓣那色？」

「好。」

「至於婚服上的繡。」

她偏了偏頭，白嫩的小手往天際一抓，翠綠得太深，近乎黑色的繡線，如雨般源源不絕落下。她遞給他看。

「就用這色，好嗎？」

「很好，」

他坦承。

「我很喜歡。」

「我知道。」

她也坦承，笑意裡藏了祕密，原本遮掩得很深，但逐漸能被看出，只是還不清晰。

「再來，該來試試你身量。」

她又說。

「妳會不知道我身量？」

他取笑。

彼此常相依偎，他早知她纖腰多少，而她這些年來，全都不假他人之手，親自選料裁縫，為他納鞋、縫被褥、做衣裳，對他的身量早就一清二楚。

「做平時衣裳的尺寸，跟做婚服不同，總要再試試才準確。」

她嫣然一笑，探取最近的那個素白丫鬟奉上的紅布，輕聲說道：

「放我下來。」

他依言照做，鬆開臂膀，懷中嬌柔的可人兒落下地。

纖巧白嫩的雙足赤裸著，花草匆忙迎上前去，托頂著姑娘的腳底，花莖草葉放得柔軟又有彈性，竭力讓她裸足也能舒適。

紅布伸展開來，她在花草的伺候下，時而升高、時而降低；時而在前、時而在後，小手隔著布料，輕輕在他全身上下遊走。

「你的肩是這樣，你的前胸是這樣，你的後背是這樣，你的腰是——」

驀地，雷剛再也不能忍，擒獲花草上的她，緊緊貼入懷抱裡，感受她的柔軟、她的芬芳，薄唇印上她嫩軟唇瓣，汲取她的呼吸，貪婪難捨的廝磨，吻得她全身嬌軟……

庭院寂靜，紅布圈繞成繭，將他們護在其中，素白丫鬟們則是眼耳鼻口都消失，不敢窺聽他們的親暱。

終於，理智尚存的他，沒有恣意縱情，竭力克制，好不容易才放過輕顫的她。

水眸迷離的姑娘，被吻得喘了，臥在他頸間好一會兒，才勉強能撐起嬌軀，羞赧得全身發燙。

以往，動情太過時，她會說不可以。

但，漸漸的，她不太說了。

他反倒提醒自己，不能激情太過。

木府裡走動的人與非人太多，有灰衣的奴僕，各種花花草草，幾乎無所不在的信妖，以及遇到無法解決的事，就來請求解困的人鬼妖精們，想圖個清靜著實太難。

「你、你別擾我。」

她低下眉眼，長睫輕顫，語聲太嬌，還又補上一句：

「現在還不要。」

欲拒還迎的模樣，實在太誘人，他只能苦笑。

他們都有默契，將歡愛留在洞房花燭夜，到時候萬事萬物都會被摒除在外，沒有人與非人能打擾。

紅布包圍的繭，自動垂落下來，圈繞在他們腳邊。

姑娘緩了緩心神，輕手一揚，不論是無風自繞的，或是在地上的紅布，都自動收疊，恭敬又無聲，一次收摺就像一次叩拜，依序化為整齊的布匹。

「信妖。」

「在。」

聽見叫喚，素白丫鬟們的臉上開了口，同聲回應：

「把紅布都收下去，要用的顏色，你去跟茶花樹取。」

「是的。」

素白丫鬟們齊聲說，各自收拾地上的布匹，抱起來就往庭園外走去，滿目的深淺不同的紅漸漸淺去。

雷剛卻微微擰眉。

「這就好了？」

「是啊。」

「只量了我的身量？」

她甜甜應了聲：
「嗯。」
「妳的呢？」
「我自個兒會處理好。」
她莞爾一笑，眼波柔情似水，又帶有調皮。
「不過，做好也不讓看，等成婚那日你才能看見。」
「讓我先瞧個大概吧。」
他抓起素白丫鬟來不及收起的布，蓋住她烏黑長髮，望見豔豔紅布，襯得她更是雪膚花貌，剛要誇讚，濃眉卻微乎其微的一皺。
那表情出現跟消失，比眨眼還快，還是被她發現。
「怎了？」
「布裡有針。」
他小心的拿下紅布，不讓針尖刺著心愛女子。
姑娘靠上前去，指尖輕觸紅布，布匹因為藏針未察覺，誠惶誠恐的顫抖，布面起了湖水般的漣漪。

甜翠的嗓音一聲令下。

「起。」

倏地，數十個灰淡淡，比針更細、更小，如似毛刷沾淺墨，無意一刷的殘痕，或直或橫的浮出紅布，要不是仔細看，還真的發現不了。

「這倒不像是針。」

「是我檢查不周，請姑娘恕罪！」

紅布中藏有異物，還刺著雷剛，信妖嚇得魂兒都要飛了。

雷剛要伸手，取過來讓她過目，嫩白小手卻拍拍強壯臂膀，示意不必如此，他就也不動。

「這是蚊子的尖嘴，的確很難看得見。」

她端詳了一會兒。

「只不過，蚊子死後就無法叮人，這些離了活體，卻仍能刺人，而且還叮疼了你。」

她握起寬厚大手，在被叮的紅點上輕輕拂，疼痛就消失。

聽出脆脆語音中的責怪，信妖趴跪得低得不能再低，愧疚像是一座大雪山，壓得他喘不過氣，變回一張素紙在地上嘎啦嘎啦的抖。

雷剛抬起手，輕觸精巧的下巴，勸道：

「別動氣。」

她望著他。

誰也奈何不了她，而她，偏對他無可奈何。

怒氣消散，她貼入他懷中。

「信妖，婚期將近，你奔前走後的，要辦的事情很多，難免有疏漏，真是辛苦你了。」

語氣中沒有責怪，還軟語勸慰，輕聲說道。

「只是，蚊口煩人，你能再多做一件事嗎？」

信妖幾乎不相信自己的耳朵。

啊，姑娘安慰他呢！

信妖感激涕零，急著戴罪立功。

「只要是姑娘吩咐，我什麼都願意做。」

信妖說道。

姑娘於是說：

「那麼，你去藥樓找青兒。」

嗡嗡嗡嗡嗡嗡嗡嗡嗡嗡嗡嗡嗡嗡……

蚊群縈繞不散。

硯城裡的人與非人，被騷擾得求生不得、求死不能。

被叮咬時很疼，皮膚會紅腫，擱著不管一夜也就好了。但是，沒人受得了一再重複被叮咬，忍不住動手去抓的，皮膚上還會布滿抓痕。

就算發起狠來，睡前把房內蚊子都撲殺淨了，蚊嘴還會落在衣裳裡、桌椅上、枕褥間，刺得人與非人都難以入眠，當真如坐針氈。

就在人與非人們討論著，該不該去木府，求姑娘解決蚊患，卻又遲疑著，不敢干擾即將到來的婚禮，全都忍了再忍。

瀕臨無法忍耐時，信妖化身白衣公子，大搖大擺走出木府，到了硯城裡最大的藥鋪裡去，指手劃腳的安排，吆喝著要伙計們打起精神。

「把薺草乾拿出來，快快堆到門外去。」

他吩咐著，已經跟青兒問出辦法，底氣十足，邊走邊叫嚷：

「喂喂，你們都別閒著，有乾的薺草就拿來，草乾可以，枝幹也好。」

人們不敢怠慢，全都行動起來，各自去翻出薺草。

薺草有藥效，能利水、止血、明目、清熱解毒等等，藥用價值很高，每間藥鋪都存留不少。尋常人家裡，聞得曬乾的薺草有清香，會拿來做枕，睡起來很舒適。

不只如此，鮮嫩薺草吃來滋味也好，人們會採來炒著吃，見到野地裡有薺草，都放任長著，不會去除。

在信妖的監督下，四方街廣場上很快堆滿薺草，還分了好幾堆，每堆都有一個成人那麼高。

見到薺草高堆，信妖滿意的巡視，繞了幾圈後停下步來，面向黑龍潭的方向大聲喊道：

「見紅，跟妳借個火啊！」

聲音剛落，黑龍潭中就鼓起一團烈烈火球，遠遠的朝信妖撲過來。

還好他機警，預先躲在一堆薺草後，火球撲上乾薺草隨即燃燒，火焰滾過處冒出煙來，隨著煙飄開，蚊群逐漸稀疏，偶爾有落單的，被燻後也飛得歪歪斜斜，彷彿醉酒的人，反應變得很慢。

直到這時，信妖才站起身來，朝黑龍潭嘀咕：

「哼，臭泥鰍，我跟見紅借的，你搶什麼功勞！」

他信手拾起一桿前頭悶燃的薺乾，交給站在一旁的年輕男女，諄諄囑咐著：

「這薺草啊，又名護生草，用龍火點燃後，無論蚊啊蛾啊都不會靠近，你們就不會被叮咬了。」

人們連連道謝，各自取了薺草回家，煙散得愈來愈廣，煩人的蚊也漸漸消失，人與非人的臉上終於又有笑容，就算留有紅腫的，也不再擔心，連貓狗都鬆了口氣。

信妖還在吩咐：

「薺草燒光了也不要緊，去採鮮薺草花，放在枕席下也有效果。」

他邊走邊說，冷不防撞上一隻全身黑毛滿滿、眉骨深深的大猩猩。

「唉呦，你杵在這裡做什麼？」

大猩猩張開嘴，話說得慢，動作也很慢。

「姑娘……要紅布……用……我的……血……去染，布……會……很……紅……」

牠伸出手臂，黑毛太茂密，只見毛而不見皮，有幾隻蚊在濃毛中迷路，被糾纏著無法動彈。

「不用了，姑娘已經選定，用茶花樹的紅。」

信妖忙勸著。

大猩猩還在堅持：

「真……的……我可以……」

「我會告訴姑娘，你有這份心意。」

信妖笑著說，將多毛的手臂推回。

「你要是捨血染布，到婚禮那日就不能一起慶賀，更不能看見姑娘穿婚服的模樣，豈不是很可惜嗎？」

大猩猩收回手臂，慢慢搔了搔腦袋，冒出幾隻昏昏的蚊，終於不再堅持捨血，低頭致意後又往雪山方向而去。

信妖鬆了一口氣，幸好猩猩明理，也期待見到姑娘穿婚服，否則若真取了猩猩的血染布，即便再好看，布也染了腥氣，哪裡還能用？

嗡嗡……

微弱蚊鳴響在耳畔，他動作很快，揮掌拍了過去。

啪。

蚊子被拍死，印在白衣上，他嫌棄的拍了拍，蚊屍飄然落地，碎碎的橫七豎八。提起衣角細看，發現竟留了淺淺的痕，他懊惱得不得了，盯著考慮該怎麼去除。

只是，愈是看得久，衣角上的印痕，看來愈像是……像是……像是……

信妖看得更仔細，腦袋歪歪。

這是個「口」字嗎？

他磨了磨衣裳，蚊屍留的痕就淡去。

唉啊，肯定是他太忙，一時眼花了啦！

信妖甩甩衣袖，快步離開四方街廣場，惦記著要去告訴山麓上的茶花樹，婚服的顏色選用花色，雷大馬鍋頭的要用單瓣那色，姑娘的則是要用重瓣那色。

在背後，蚊屍滿地，陷入五彩花石裡，碎屍拼成大大小小的無數「口」字，全都噤聲無言。

那些散布在人與非人的髮鬢邊、衣裳裡、被褥上，曾有過蚊蹤的地方，「口」字都無蹤，卻不是消失。

它們靜靜等待。

等待開口的那日到臨。
到時，它們會說。
說出那句至關重要的話。

柒

圓夢

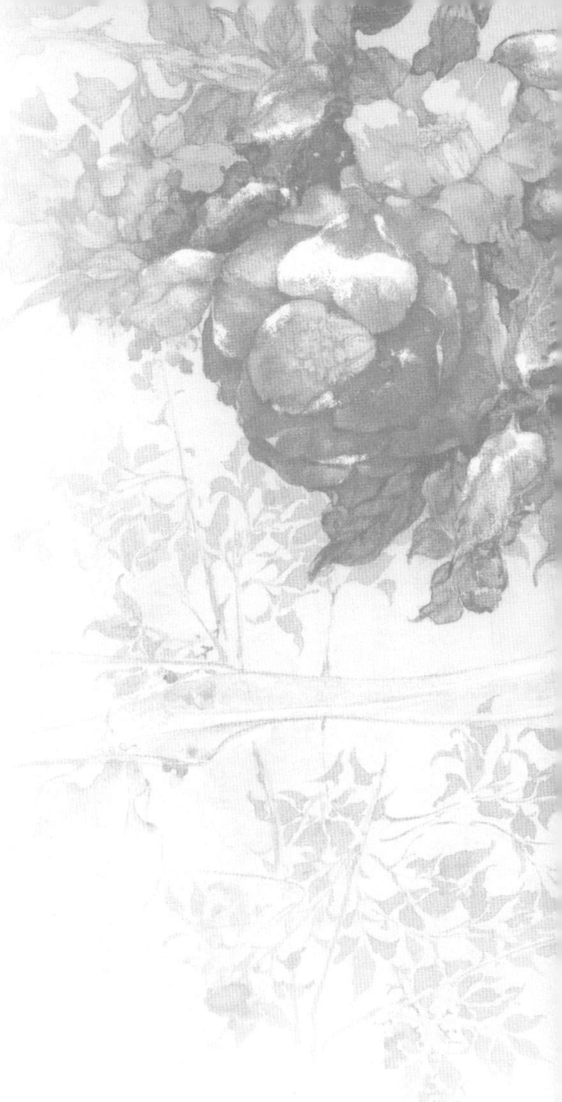

封印碎散。

比沙更細碎的粉末堆積，從無逐漸到有，起初只有輪廓，還看不分明，隨著封印碎裂更多，積累速度變快，眼耳鼻舌身意覺醒，顏色、聲音、氣味、觸覺都鮮明起來。

花的顏色，深的淺的奼紫嫣紅開遍，瑰麗繽紛過後，只剩桂花淺嫩的暖黃。

花的香氣，濃的淡的芬芳馥郁襲人，暗香浮動飄散，最清晰的是沁人心脾的淡淡桂花香。

顏色與香氣滲入夢中，化為影像浮現，從模糊難辨，逐漸愈來愈是清晰。

雷剛在夢裡醒來。

記憶突破生死屏障，昔日歷歷在目。

那日那時，深深刻進神魂的最難忘景象。

穿著淡淡暖黃色無繡綢衣的窈窕身影，嬝嬝婷婷從山下走來，樹林濃密高壯，嬌小身影一會兒看得見，一會兒又隱在深深綠蔭裡，這樣重複了幾次，他才察覺自己在注意她。

他是蒼狼，聲名遠播的大妖，來到這座雪山多年，只有妖斧陪伴。

經歷過太多戰役，即使隱蔽在此處多年，寒風冷雪洗淡血腥氣味，但與生俱來的戾氣難消，力量又強大得無法隱藏，雖然從不曾在硯城挑起事端，卻總招來忌憚，甚至莫名的敵視，沒有人敢靠近。

唯獨她，嬌小柔弱，眉目如畫，一步步走來。

終於，她走出杉樹林，纖足踏上雪地，行走得更慢，足印在雪上小巧可愛，桂花的淡雅香氣，化去冷雪凜冽，雪山間飄起暖甜花香。

步履來到他面前才停下，粉嫩雙頰有些微紅，氣息略喘，未語先笑。

那笑，讓天地萬物都黯然失色。

「你好。」

她說道，聲音清脆，清澄如水的雙眸直視。

他很久沒說話了。

但，她特意前來，語氣友善而誠懇，他無法漠視，於是點頭致意。

紅唇彎彎，笑得更美。

「我是這任硯城的主人。」

長睫輕眨，語聲柔柔。

「今天，是我接任的第一天。雖然慢了許久，但是，我代表硯城歡迎你的到來。」

他微微側頭，難得感到訝異。

前任的硯城主人，對他的存在冷淡甚至是厭惡，又沒有能力驅趕他，只能勉強忍受他的存在。而她，在接任的首日，就親自來到雪山山麓上釋出毫無保留的善意。

嬌小的身軀轉身，望著山下景色，嘆息的出聲。

「從這裡看，硯城很美吧？你一定是看不厭，才會留在這裡。」

她輕聲說著，側身時淡黃色的綢衣款款擺動，盡責的襯著她雪膚花貌。在她身後，是青山環繞，形如大硯的城。

「硯城裡也美，泉水瀠迴，處處有樹有花，你願意去看看嗎？」

他看著她好一會兒。

「妳不怕我？」

低沉的嗓音很嘶啞。

他雖已化為人形，沒有鋒利的利爪獠牙，但眼神仍森冷凌厲，蒼黑的長髮狂野披散，因為獨居太久而衣衫襤褸。

就算不知道他的名聲，這模樣也足以讓人退避三舍。

「為什麼要怕？你又不曾傷害過硯城裡任何人。」

她歪著頭，巧笑倩兮。

「我們不需要敵對，也不需要漠視彼此，或許，還可以好好相處。」

柔弱得如初開花兒的少女，竟跟萬妖萬魔都懼怕的他，提議要好好相處。

這纖細的身軀，哪來這麼大的膽量？

一陣風雪吹來，綢衣飛揚，她彷彿隨時都會被吹走。

「這裡太冷，不好說話。」

白潤的小手抬起，取下簪在烏黑髮間的茶花，些許光滑髮絲散落。她無畏的靠得更近，遞出茶花，綢衣寬袖輕輕拂過斧面。

「如果你願意的話，明天就帶這朵花到木府來，我請你喝最好的茶。」

他自然而然的接過茶花。

鮮妍的花朵，瓣瓣酡紅，是綻放得最美的時候。

然而，這麼美的花，也不及她下山前望向他時，那期待又略微羞澀笑容的千萬分之一。

第二天，他首次進了硯城。

木府占地廣闊，他早在雪山上時就已經看見，所以不必詢問任何人就能找到。

事實上，人們看見他就早早迴避，只敢站得遠遠的，投來恐懼擔憂的張望，他就算想問，也沒人敢靠近。

木府前，有一座石牌坊。

當他踏入牌坊後，手中的茶花散落，片片花瓣飛舞，紅豔豔的一瓣又一瓣落在前方引路，領著他經過曲折迴廊，跟重重樓房與庭院，走了好一會兒才在一間廳堂裡看見她的身影。

嬌小的她手握白玉筆管的毛筆，以碧玉為硯，在素白宣紙畫上墨跡，桌案四周有許多揉皺的紙團，都是畫得不滿意被丟棄的。

她畫得很專注，輕咬潤紅下唇，綢衣的寬袖褪落到肘上，顏色不是前日桂花的暖黃，而是蒼黑之色——跟他衣袍相同的顏色。

毫不隱藏的期待，讓他猝不及防，胸口湧現不曾有過的奇妙感受。

茶花的最後一瓣，落到桌案上，她才抬起頭來，俏臉上盡是驚喜，雙眸比最亮的星星更璀璨。

「你來了！」

她迫不及待就要走來，但驀地又看了看宣紙，下定決心的吸了一口氣，嚴肅的說道：

「請等等，我要再試試。」

她屏氣凝神，在宣紙上作畫，線條卻歪歪扭扭，連個圈都畫不圓。起先是五官，再來是衣衫，接著是手腳，勉強看得出是人形，都畫完後才在空白的眼中點睛，宣紙開始無風自動。她擱下毛筆，沿著濕潤墨跡邊緣把宣紙撕下，灑落在地上。

「起。」

扭曲的紙片，應聲直立，還膨起變得立體。

她欣喜不已的拍手，又說了聲：

「走。」

紙人邁開腳步，搖搖晃晃的走了幾步，卻愈走愈軟，最後倒伏在地上，線條歪扭的腳揮啊揮。

「還是得自己來才行。」

法術失靈，她也不惱，俏皮的吐了吐舌頭，離開桌邊忙碌起來，走到貼牆而建，矮到必須蹲下低頭，高到廳堂樑下，大小不一的木櫃搜尋。

廳堂外的庭院，簇簇綻放的粉色海棠，花朵爭相離了樹，柔蔓嫋嫋飄舞到木櫃旁，朵朵堆疊成階梯，讓嬌小的她便於看清每個木櫃裡藏放的珍品，能伸手取到要用之物。

密密層層的菲薄花瓣，穩穩托住小巧繡鞋，她仔細甄選，總算選到招待貴客的器物，小手伸向一套輕巧細緻的白瓷茶具。

海棠為了討她歡心，飛湧入櫃要代勞，她卻說道：

「不用。」

粉粉的花瓣落下，不敢僭越，鋪落地上化為軟毯。

兩盞一套三件的蓋碗，先被放置到桌上。原先的墨跡被花瓣擦拭乾淨，連宣紙也被挪到一旁，因為挪得有些急，一些花瓣夾入宣紙，粉嫩的顏色浸染素白，像是宣紙上也開了朵朵海棠。

再取來小巧的茶倉，端來彎彎竹節做提樑的陶壺，她才回到桌邊，笑意盈盈的招呼。

「請坐。」

她打開茶倉的蓋，在彼此杯中倒入適量外型小巧圓卷，細細銀白毫毛下隱約透著翠綠色的茶葉。

「這是女兒環，選最細嫩的茶芯，再用鮮花相疊，烘焙五次後製成，前後要費時一個月。」

指尖輕撫過陶壺，熱而不燙的清水就盈滿其中，隨著她將熱水緩和的倒入杯中，翠綠芽苞翻滾，釋放出清澈透亮的淺黃色茶湯，茶香與花香縈繞滿室。

倒掉第一泡茶湯，她請他飲用第二泡。

他舉杯喝了一口，果真滋味醇厚，就停也不停，把一杯都喝盡。

「喝得出是什麼花嗎？」

她笑問，再為他杯中添茶。

「桂花。」

這味道，他昨日聞過。

「很香，但是，在妳身上時更好聞。」

俏臉微紅，伶俐的她一時語塞，一會兒後才說：

「我是特別為你準備的。」

喝下肚的茶湯，不知怎麼的竟變得更熱燙，染得他胸腹暖熱，戾氣在茶香與花香中漸漸消弭。與她相處時，他竟覺得比高踞雪山，只有妖斧作伴時，心緒更平靜。

杯中的茶環，經過幾次沖泡，仍是嫩葉連莖、柔軟鮮嫩，沒有丁點兒破損，滋味也沒有減損，依舊潤滑回甘。

「木府很大吧？」

她問。

他點點頭。

的確，若沒有茶花的花瓣引路，他或許找不到這間廳堂。

「歷代硯城的主人，就是木府的主人。」

她看了看廳堂外，庭院裡奇花異草、果木如雲，笑得有些困擾。

「木府大，硯城更大。身為硯城的主人，城內要是有不能解決的事，都必須由我處理。我能力有限，要一個人做這些事，真怕會忙不過來，哪處生出錯漏。」

或許，是滿地揉亂的紙團，跟趴軟在地的紙人太不忍卒睹。

或許，是她眼眸裡的擔憂太惹人憐愛。

或許，是茶太芬芳可口。

總之，胸腹間的暖熱，將話語推滾到舌尖，他衝動的說出來：

「我幫妳。」

她轉過頭來，隱藏不住喜悅。

「真的？」

「真的。」

他點頭。

「我從不食言。」

「謝謝你。」

澄澈雙眸盈滿欣喜，以及純然感激，憂色一掃而空。

「不過是還妳請我喝茶的人情。」

他這麼跟她說。

他也是這麼跟自己說。

❀

事情來得很快。

起初，是夜裡小兒哭啼，家人不論怎麼哄都哄不好，小小稚兒哭得全身通紅、聲音沙啞，家人又累又心疼，要到天色大亮，娃兒才會閉上淚眼睡去。

焦急的父母，把娃兒抱去讓大夫瞧，也看不出有什麼問題，但到了夜裡就又哭起來。

這不是個例。

很快的，硯城裡的小娃兒都在夜裡啼哭，擾得大人入夜不能安眠，甚至連大夫家新添的孫子，也整晚夜啼，做媳婦的坐月子時無法休養，身子比懷孕時虛弱。

既然不是娃兒身體有狀況，有人就猜想，該是外在原因。因此入夜後就不睡，在屋子內外搜尋，察看是否有異狀。

有個愛妻又愛子的男人，連著幾夜沒睡，守夜時坐在門外階梯上，實在支撐不住打了個盹，才閉眼不久，屋裡娃兒的哭聲突然拔高，他驚醒跳起來，看見暗影閃過牆角。

他恨恨跑上前去，要擒抓罪魁禍首，但轉過牆角卻看不見任何人。

正在疑惑時，背後家裡住著娃兒那屋，窗櫺被無形的力量猛的一撞，發出震天巨響，小娃兒經此一嚇，哭得更厲害。

後來，陸續有人看到暗影，卻都抓不到人，受害的人們討論時都恨得牙癢癢。

怪事沒有消停，還愈演愈烈，後來連家中沒有娃兒的人也受害。

有幾間屋子毫無預兆的崩塌，所幸沒有人被壓傷，但損失不少財貨。原本以為，是屋子年久失修才崩壞，但就連新蓋的店面，竟也在開幕那天轟然傾頹，嚇壞店主與賓客。

店主氣得頭頂冒煙，跑去建造房屋的工頭家質問，懷疑工序有缺漏，甚至是建材以次充好，才會晦氣的在開店當天就出事。

工頭蓋了幾十年屋子，從來都是一絲不苟，用的更是真材實料，性格固執寡言，把名譽看得比性命重要，被罵也沒回嘴，回屋卻懸樑自盡，被家人發現時已經氣絕。

事情一發不可收拾，有人這才想到，趕去木府求姑娘。

歷代的木府主人都很年輕，但是年輕得如十六歲少女，舉手投足間還帶著一分稚氣的，硯城的人們還是頭一次見到，心中不免猜疑，這柔弱的少女能不能承擔責任，為硯城解決難事。

再見到她身旁，跟隨著狂髮蒼衣、神色冷峻的大妖，全都膽顫心驚，驚愕得連喘息都不敢大聲，更別提是說話了。

穿著寬袖綢衣的姑娘，走到鋪掛白布幔帳的喪家，大妖先出手，撩開層層幔帳。他說到做到，從最小處幫她。

俏臉嫣然一笑，無聲感謝。

嬌小人兒走進以白布結花裝飾的喪家，屋中兒子兒媳穿白麻孝衣，孫子孫女穿白苧孝衣，一身縞素的婦人，則哭跪在丈夫屍身前。

「妳哭什麼呢？」

她笑語如鈴，在哀戚喪家的愁容中，顯得很是自然，痛哭的兒孫們瞧見，傷痛情緒淡去許多，不再哭得撕心裂肺，眼中不再出淚，能夠看得清晰。

婦人抬起頭來，原本滴水未進，又哀傷過甚，幾近昏厥的意識，因串串淚水反潤，不但乾啞的聲帶恢復，連神智也清醒。

「我丈夫死得冤枉。」

婦人說道，不知怎麼的，立刻就知道她的身分，如溺水之人見到浮木，急忙抓住機會懇求。

「請姑娘為我丈夫作主。」

少女粉嫩的唇揚起。

「好。」

姑娘的笑，就如春風，掃去喪家的哀傷。

連圍觀人們的驚慌疑惑，也隨這笑一掃而空，就連對大妖的畏懼也消弭殆盡，紛紛不由自主靠得更近，想將她的話語聽得更清晰，將她的面容看得更仔細，多虧蒼黑色的衣袍揚起，劃出一道無形屏障，將她與眾人隔開適當的距離，她才能從容行動。

「身軀雖然已經冷了，但三魂七魄還沒走遠，被家屬的哭聲羈絆。」

白嫩的指尖探出，摸了摸工頭的額頭，微微側著的小臉帶笑，說得很是輕鬆。

「你的冤枉，就自個兒來說吧！」

話才說出，死去的工頭，驀地深吸了好大一口氣。

「去取些熱水來，餵進他嘴裡。」

姑娘說道。

兒媳搶在婆婆前，急忙衝進廚房裡，再端了一碗熱水出來。因為太匆忙，雙手又抖得厲害，碗裡的水灑出大半，送到婦人身邊時剩下不多。

婦人救夫心切，端碗含了熱水，俯身哺入丈夫口中。

僵冷的身軀，因這口熱水，逐漸軟化下來，過了好一會兒，在眾人訝異的注視下，工頭睜開雙眼，原本死去，如今竟然活來。

「姑娘！」

他啞聲叫喚，因魂魄回體，身軀逐漸暖熱。

「新開幕的店面，真是你偷工減料，才會崩塌的嗎？」

她言笑晏晏，問得輕描淡寫，眨動的圓亮雙眸黑白分明。

「不是。」

工頭慎重搖頭。

「我是冤枉的。」

「就算是被冤枉，也不可尋死。」

澄澈雙瞳中沒有怒色，多的是憐憫。

「你死了一了百了，但旁人要是以為，你是畏罪自殺，往後瞧不起你的妻兒，你罪過豈不是更深？」

言語上的譴責，口吻並不重，但死而復生的工頭，卻覺得身上重得像是壓了整座雪山，慚愧得無法抬頭，臉幾乎要埋進土裡。

「我錯了。」

心高氣傲的工頭，對少女誠摯懺悔，從魂魄到肉體完全敬服硯城的主人、木府的主人。

她笑了起來，美目盼兮，輕言柔語，沒有半點屈尊俯就的態度。

「知錯就好。」

得到原諒後，工頭還急著戴罪立功。

「我還知道，這陣子硯城不寧，是出了什麼錯。」

「喔？」

她興味盎然，看了看蒼衣男人，才又說道：

「你說。」

「是紙錢，紙錢出了問題。」

工頭說得信誓旦旦、言之鑿鑿。

「我斷氣後，看見近幾個月的新鬼們哭訴，收不到子孫燒的紙錢，實在死不如生，只能鬧出事端，求得注意。」

「你穿越生死，知曉生人不知道的事。」

她點了點頭，剛要開口，卻看見穿蒼衣的高大身影，已經去門前取來紙錢，無言的遞到面前。她甜甜一笑，接過紙錢仔細看了看，還稍稍摩擦粗糙的黃紙。

「這紙錢做得粗糙，連符文都沒印得完整，難怪會引發怪事。」

「紙錢是在哪間香燭鋪買的？」

她問道。

「啟稟姑娘，是庇福香燭鋪。」

有個男人搶著回答，還說得很是仔細：

「硯城裡原本還有幾間香燭鋪，但庇福的價壓得最低，別的香燭鋪不堪長久虧損，紛紛關門，庇福就成了唯一一家。」

這次，不需她說話，也不必蒼衣人動手，幾個人腦筋動得快，一聽到問題出在紙錢，就去庇福香燭鋪把店主抓來，推推嚷嚷的扭送到工頭家外頭，店主不甘心的大吼大叫：

「你們做什麼？」

店主放肆的質問，凶狠異常。

「放開我、放開我！」

清脆好聽的聲音傳來：

「是我要見你。」

神情兇惡的店主，原本還掙扎不休，險些就要掙脫，但聽見這句話後，卻撲通一聲雙膝跪下，雙腿就像被無形枷鎖箝制，想站也站不起來，更別提逃離。兇惡的神情，微微扭曲起來，洩漏恐懼。

白布結花全化為數不清的白蝶，群起翩翩飛舞，日光被蝶翅遮掩，變得柔和不再熱燙刺眼。白麻白苧溜下，層層鋪蓋粗糙冷硬的地面。

在眾人的注視中，繡著桂花的淡黃色鞋，踏過厚軟的麻與苧，原本冷冷的白，都被染上暖暖的淡黃，還有桂花的香氣。

她停在店主面前，遞出那疊紙錢，不惱不怒，語音仍軟甜醉人。

「是你粗製濫造的紙錢，惹得這幾個月來新鬼不寧嗎？」

店主仰望著眼前少女，縱然對異象感到畏懼，仍靠惡膽強撐不肯承認，硬是不肯鬆口，還企圖辯駁：

「只有這疊印得不完整，最多再補，或是退錢。至於以往那些，都已經燒盡了，怎能誣賴我？」

死無對證，又看她是柔弱少女，他狡辯得一點都不心虛。

「你膽子真大，趁著硯城改換責任者，覷了作惡的機會，賺得許多不義之財。」

她仍紅唇彎彎，莞爾一笑。

「既然沒有物證，要讓你心服口服，只能當面對質。」

此話一出，別說是店主，眾人都訝然。

人鬼殊途，受害的新鬼如何能現身對質？

她望向一旁，綢衣寬袖下的小手抬起，指尖白皙得猶如發光。不需要開口，澄澈雙眸望去，大妖即刻往前一步，與她貼身而站。

清麗小臉上漾出的笑，美得沒有事物能比擬。她握住他手，妖斧在兩人的手中現形，隕鐵為柄、金剛做面，斧面上淺刻古老文字流過金光，舉起時金光匯聚到鋒利的斧口，亮得無法直視。

「開。」

她說。

妖斧直劈而下。

陡然，金光劃過之處，現出極細的一線。

細線起初筆直，接著扭曲起來，時而鼓時而縮，還漸漸變粗，森冷寒氣從中吹出，線中漆黑得沒有一絲光，四周的空間被推擠，一隻隻扁平漆黑的手爭先恐後探出，將線擠得扭曲，還蠕蠕而開，直到被撐到足夠大時，一團漆黑之物從中落下。

照射陽光後，黑漸漸褪去，顯出各種顏色來。髮的光澤、唇跟指甲的薄紅、肌膚的肉色、壽衣的白、壽鞋的深青等等。待到顏色恢復時，體型也從扁而膨，恢復生前模樣。

人群中發出一聲驚叫。

「爹！」

喊出聲的人，驚得猛揉眼，再三確認沒有看花。站在香燭鋪店主前，氣得五官扭曲的，分明是三個月前，舉家治喪送走的親爹。

從撐開的線中，落下的漆黑愈來愈多，逐一恢復形狀顏色，有老有少、有男有女，都是新近死去的硯城居民，除了沒有影子外，模樣都與生前相同，惱怒的圍住哆嗦不已的店主。

妖斧在姑娘與大妖的合力下，劈開陰陽之隔，眾人在朗朗白晝下，親眼看見鬼。

「你害苦了我！」

「恨啊～」

「不可饒恕！」

「子孫燒的紙錢，我一張都沒收到！」

「好恨啊～」

「還錢來！」

「對，還錢！」

眾鬼一擁而上，圍著哆嗦抖顫的店主討帳，因是親眼看見親人燒了紙錢，所以短少多少冥餉都記得一清二楚。有的本就精刮，死時抱著算盤不放，現在終於派上用場，除了缺損的冥餉，還要加上利息計算，邊嚷著恨啊好恨好恨，指下算盤珠嗒嗒嗒打得飛快。

作惡的香燭鋪店主，躲過人的問責，卻躲不過鬼的討要。

眾人訝異之餘，望向姑娘的神態也截然不同，因她能說服大妖，做對硯城有益之事，不但體恤人，也體恤鬼，是之前責任者力所不及的。

原先的猜疑，全都一掃而空，人們打從心中對她滿是敬服。

元兇已找到，眾人捨不得她在一旁等著，連忙找來一頂裝飾得精巧講究、紅緞作幃的小巧素轎，在靠椅上鋪了厚軟真絲，恭敬請她上轎，要送她回木府休憩。

她看著素轎，明媚可人的一笑，問道：

「只有一頂嗎？」

眾人醒覺過來，想到大妖協助，功不可沒，對恩人不敢怠慢，但大妖健壯過人，沒有合適的轎子，人們商量著該去誰家牽匹適宜好馬時，卻聽得沉而有力的嗓音說道：

「我用走的。」

「那也要一起回木府喔。」

她叮囑，依依難捨。

見到他點頭，她才拂開轎前垂纓，坐進典雅素轎，由八個經驗最豐富、腳步最穩健的轎夫，前四後四的抬起，確定步伐邁得小而穩，就怕顛著轎上的硯城之主、木府之主。

在大妖身後，硯城居民們亦步亦趨，跟隨著素轎走過街道，禮敬又愛慕的捨不得離去，都想著能多看一會兒那嬌小的身影就是無上榮幸。

木府的石牌坊後，幾個穿著素雅，衣衫邊緣暈染深淺墨跡的奴僕，垂首等候著，鼻眼有大有小，手腳有長有短，並不是很對稱，有的肌膚上還留有皺摺，都是先前所繪的紙人化成。

因人們對她的崇敬，她的能力增強許多。

先前連行走也頹軟的紙人，此刻動作靈巧，精緻到眼睫與指甲都清晰可辨認，輕巧攙扶姑娘走出素轎，另一個撐著紙傘上前，為她遮蔽烈日，伺候得很是周全。

「謝謝你們送我回來。」

清脆悅耳的聲音說，轎夫們聽入耳，都覺得神清氣爽，感覺年輕好幾歲，長年因抬轎勞累的腰痠腿疼，全都不藥而癒，對她敬意更深。

奴僕們簇擁著少女，不忘禮敬大妖，穿過明顯被打理過，處處花木扶疏、窗明几淨的亭台樓閣，來到先前兩人喝茶的廳堂。

綢衣的衣角飄飛，繡著桂花的鞋踏上海棠花鋪就的軟毯，走到被擦拭得一塵不染的桌邊坐下。

「我們再喝杯茶。」

他依言再來到木府，她烏黑的雙眸，盡是藏不住的歡喜，戀戀追著他的一舉一動。

「要喝女兒環？還是嘗嘗別的？」

「都好。」

「那，就喝碧螺春。」

她走到牆邊櫥櫃，拿了另一個茶倉，再回到桌邊，因為是不同茶葉，水溫、時間、分量都另有講究，比泡女兒環更複雜，用的茶具也更多。

雖有奴僕能代勞，她也不假旁人之手，親自且仔細的泡茶。

待到捲曲成螺、銀綠隱翠的茶葉，在熱水中徐徐舒展，釋放甘美滋味後，白嫩小手持著茶壺，為空杯倒入淡綠茶湯，看著他飲下。

「味道跟女兒環不同，別具一番風味，也是好。」

他說道。

「碧螺春是由少女所採，又稱『佛動心』。」

嬌甜軟語說著，紅唇映著白瓷杯、綠茶湯，格外潤軟誘人。

「我這兒還有很多好茶，你要常來，我每種都泡給你喝，好嗎？」

茶名有春，清麗小臉也有羞羞春色。

連七情斷絕、六根清靜的佛都動心，他是妖，縱然長年心如止水，卻不是鐵石心腸，熱茶暖了他的胸腹，她毫不隱藏的情意與殷勤則暖了他的心，他無法拒絕，也不想拒絕。

「好。」

他承諾。

「你真好。」

姑娘粲然一笑。

「你跟我，能融洽相處，或許過不了多久，人跟非人也能處得很好，彼此不厭棄猜疑。」

今日協助冤鬼，此例一開，往後會有更多事需要處理。

想著想著，她陡然坐直，輕呼出聲：

「啊。」

「怎麼了？」

她咬著綢衣的袖，眉目彎彎，一會兒才說：

「手來。」

他濃眉微挑，問也沒問，伸出寬大厚實的手。

「這是我的名字。」

白嫩的指尖觸及粗糙掌中，一筆一劃都很慎重，猶如直接寫在他心上。

「別人都不可以喚，但，你可以。」

歷代木府的主人都很年輕，也都沒有名字。

名字是最強的咒，若是被知曉，就可能受制於作惡的一方。木府的主人，就是硯城的主人，責任重大，安危牽繫整座硯城，所以若是男的，就稱為公子，若是女的，就稱為姑娘，名字都被深藏。

而她，毫不保留的告訴他。

信任與情意，深重得讓他淪陷，啞聲低喚她的名：

[redacted]

他被自己的聲音驚醒。

睜眼就瞧見清麗小臉在旁，如絲般的長髮垂落，嫩軟的指尖留戀描繪俊朗眉目，雙眸柔情深深，注視他的臉龐。

「你知道了。」

她趴臥在再熟悉不過的寬厚胸口，深深嘆息。

妖斧破開封印，費心隱藏的祕密都將浮現。

關於他與她的昔日種種，由她引導讓他在夢中想起，點點滴滴細說從頭，總好過讓居心叵測的人或非人有機可趁。

寬厚的大掌撫摸柔順長髮，觸及紅潤珊瑚簪，過了一會兒才問：

「為什麼之前不告訴我？」

想來可笑，但他的確嫉妒過，曾與她結髮的大妖。如今才知道，原來，那也是他。

「我就是想知道，今生，你還會不會愛我？」

嬌言甜語，情意無限。即便已是神族、即便受到硯城的人與非人崇敬，她最在乎的，仍與一般女子相同。

他輕笑出聲。

「滿意了？」

她柔嚶一聲，心滿意足的貼得更緊。

「睡吧。」

他輕聲說道，感受懷中比花花解語、比玉玉生香的嬌貴人兒，聞見桂花的芬芳，共枕依偎時，恍若一切如舊。

「嗯。」

萬籟俱寂，木府的深深處，兩人共眠無言。

他雖閉眼，卻沒有睡著。

以往，住在木府外時，她就總費心為他張羅，吃穿之類都愛插手。知道他不喜歡奢華，用的都是實惠材料，還不假他人之手，親自為他納鞋、縫被褥、做衣裳。

雪山一戰，她身受重傷，他住進木府，照顧她養傷，有情人朝夕相處，自然情意更深濃，有灰衣人代勞，又有信妖效力，她對他照拂更周全……

如今，就連夢境，她也干預。

干預得這麼深，連名字都坦承，反而顯出另有隱藏。

他腦中想起，帶回珊瑚簪子時，薄雪飄飄那日，笑容可掬的魔園繞飛轉，說出的言語。

或許是她讓你認為你是自願的。

雪山大戰時，公子說出她曾與大妖成親，從容淡定的她攻勢凌厲，以綢袖包裹破嵐，吃力得額上冒汗，危難時望來的眼神裡，有擔憂、有驚慌，還有千言萬語。

靜夜中，薄唇緊緊的抿著，雙眸很黑很黑，黑到看不見半點光。

他知曉她的情意，知曉她的名字。

因為情深，更知曉她有所隱藏。

魔的聲音，在腦中迴盪。

你心愛的女人，究竟隱瞞了什麼。

隱瞞了什麼。

隱瞞了什麼。

隱瞞了什麼麼麼麼麼麼麼麼麼——

今晚，注定無眠。

捌

龍角散

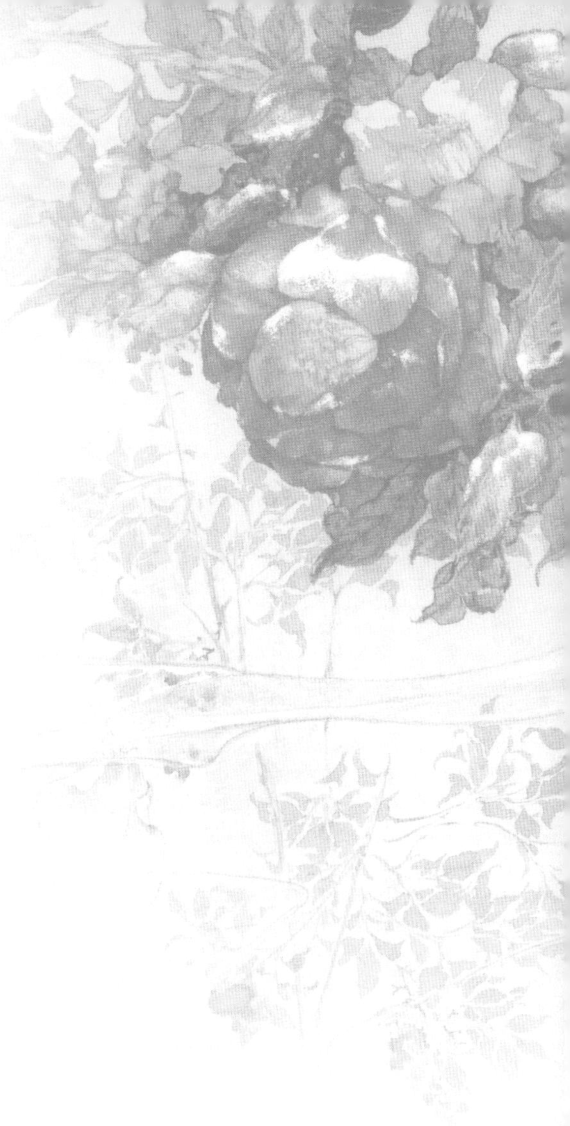

碎散的封印，從粉末累積成片，在蒼狼夢境深處的無盡空間中緩緩游移。其中一片映了不明的光，亮起。

積累其中的記憶冉現。

衣著素雅，染有深深淺淺墨花的丫鬟走近，手中捧著紅豔燙金的喜帖，姿態流暢靈巧，恭敬來到桌邊，用百靈鳥般悅耳動聽的聲音說道：

「稟姑娘，有人送了張請柬來。」

丫鬟眉目清晰，只有暈了墨漬的裙，顯出原本是宣紙，由姑娘繪出後施法，才從平面變得立體，化作與真人無異的模樣。

木府裡的奴僕，都是由紙人變成。

硯城裡的人們，見過她破開陰陽，白晝問鬼，審了惡商之後，態度從懷疑轉為敬重，她的能力就增強許多，畫出的紙人，愈來愈是靈動。

這些，他都看在眼裡。

嬌嫩柔弱、如花似玉，看似十六歲的她，雖事事有紙人伺候，但總會親自去雪山找他，不畏懼他大妖的身分，用脆甜的語音，請他到木府喝茶。

雪山冷凜，積雪又深，想必她鞋襪都濕透，見她這麼走了幾趟後，他終於說道：

「以後，別再來了。」

烏黑的雙眸，蒙上一層陰影，眸光流轉之際幾乎就要落下淚來。

楚楚可憐的模樣，讓他感受到前所未有的難受。

「改由我去找妳。」

言語從嘴邊滾落，語氣比預期更急了些。

「好。」

嬌靨轉憂為喜，她輕拍雙手，寬袖的無繡綢衣如蝶翅般揮動，不經意拂過他蒼黑的亂髮，以及妖斧的斧刃。

斧刃的寒光，還有他的心，都不知不覺軟化。

從此，他成了木府常客，不論哪個廳堂或庭院，都有他專屬的座位，次次都由她親自招待，有時是品嘗好茶，有時是賞當季最美的花，有時是吃精緻糕點，照顧得體貼入微。

偶爾硯城裡有無法解決的事，人們就來求她，她出面處理時，他也陪伴在側，遵守之前諾言，給予最大協助。

貼身伺候的丫鬟，從最先的無法言語，到開口能言，漸漸連說話也條理分明，傳達的事情都正確無誤。

「請柬是邀請您與蒼狼大人，務必同去出席婚禮。」

府裡的紙人對他尊崇有加，沒有賓主之分。

他難得有些詫異。

萬妖萬魔都畏懼他的強大，對他退避三舍，連前任硯城之主也對他視而不見。而她繼任時日雖短，硯城居民對他的態度已全然不同，不再恐懼疏遠，在崇敬她時，也禮敬他。

說來，他參加過無數戰役，卻未曾受邀參加過婚禮。

不同於他的靜默無言，她的歡欣毫不隱藏，眉眼間笑意甜甜，庭院裡的櫻花見了她的笑容，紛紛陶醉得綻放，白的、粉的、紅的菲薄花瓣簇簇成團，開得滿樹很是燦爛。

「這人做事很是周全。」

姑娘含笑嘉許，長睫輕輕眨動。

「他說，父親曾被誣陷而自盡，承蒙姑娘與蒼狼大人之恩，才死而復生，還恢復了名譽。」

丫鬟說道，音色婉轉。

「因此，家中將有喜事，就送來請柬，請兩位再度蒞臨。」

「原來是那家人。」

白嫩小手探出，接過燙金的紅豔請柬，清澈如泉的雙眸微低，才又抬眸望他，紅豔紙色襯得眸光柔亮、肌膚潤豔：

「既然是一番心意，我們就一起去，好嗎？」

「我沒有參加過婚禮。」

他坦承。

她嫣然一笑，擱下請柬，嫩軟指尖觸及他的手。

「很熱鬧、很好玩的。」

她勸著，殷切朝前稍稍傾身，細緻眉目滿是期待。

「如果，你到時覺得有一丁點兒無趣，或是厭煩了，告訴我，我們就離開，好不好？」

他尚未回答，就警覺到異狀，粗糙黝黑的大手翻腕穩穩握住她纖纖皓腕。

明眸微微睜大，閃過些許訝異，驀地就轉而看向窗外藍天。

「來了。」

姑娘喃喃低語，歪頭的模樣猶有一分稚氣，好奇勝於戒備。

強大力量迫近，速度很快。

野性本能讓他隨時保持警戒，察覺最細微的變化，判斷該戰或殺。而看似十六歲少女、嬌柔如花的她，反應僅比他慢了些許。

城北傳來轟隆巨響，地面劇烈晃動，桌上兩杯茶都傾倒，茶水潑灑在軟軟厚毯上，沒有一滴膽敢濺落綢衣。

「是不曾來過的客人。」

她不驚也不懼，依舊從容，語音嬌甜。

「只是，進硯城的方式著實太粗暴，會引起麻煩的。」

妖斧的斧刃震動，發出低低嗡鳴聲，因未知威脅而迫不及待。

「這麼心急啊？」

她靠近鋒利斧刃，嫩軟指尖抵著唇，巧笑倩兮，美目流盼，再度向他看來，說道：

「我們去見客人吧。」

他沒有說話，直接站起身，護衛在她身旁，一同走出木府。

硯城以北，被擊出一個巨大深坑。

來者墜落速度太快，撞擊地面時仍勢不可擋，古老岩層被破壞，石塊碎裂滾動，深坑旁裸露出地面，沙塵遮蔽日光，使得飛鳥迷途墜跌落地，無助撲棱雙翅。

千年栗樹雖躲過一劫，但今年長出的樹枝，被掀起的狂風催折，整棵樹餘悸猶存，邊緣刺齒狀的橢圓形綠葉大量掉落，如似驚懼時的淚。

綢衣飄飄的姑娘到來時，手心輕觸縱裂樹皮，軟聲哄慰著：

「別怕。」

栗樹葉不再落下，原本離枝的葉飄轉，將沙塵捲走，不讓半顆沙粒遮擋她的視線，更不能染汙她的髮膚衣裳。

豐沛的雪水，原本從栗樹下湧出，晝夜不停的流入硯城，一分三、三分九，再分為無數大小水流，澆灌城內所有溝渠水道。

而眼前的深坑卻截阻水流，清澈雪水飛流直入坑中，因混雜大量沙塵而渾濁，泥水拍石，如雷劈山崩，轟隆隆的聲響震耳欲聾。

震動與巨響，嚇得硯城居民們驚慌失色，急忙四散奔走，都不敢待在屋裡，扶老攜幼踩過破碎磚瓦，聚集到四方街廣場上，一時人心惶惶、鬼心慌慌，眼裡都是恐懼。

溝渠間的水流漸漸枯竭，讓眾人更是面色死灰、全身泛寒。

自然而然，視線都往水聲隆隆處望去。

綢衣翩翩、青絲如瀑的姑娘，與狂髮蒼衣的蒼狼臨靠深坑，坑中迅速上漲的濁水，讓激起的細細泥沙，從淺漸漸變濃，撲濺在栗樹葉形成的保護圈圍之外。

水聲愈來愈響，累積的泥水即將漫出深坑，原本潤養硯城的水流，即將氾濫成災，沖湧向硯城的每寸地、每塊磚，如此洶湧泥流流過處，不論是房屋或是花木，都會被摧毀。

「這可不行。」

姑娘慢條斯理的說道，一手先垂下，而後舉起。

木府中竄出幾十個白衣人，有男也有女，衣裳眉目都不同，半騰在空中，神色凝重的朝向深坑。

「去。」

她向前方揮手，白衣人們飛越半座城，咻咻咻的湧上，手牽手來到深坑旁形成屏障，圍堵漫出的泥流，不讓滔滔泥水破防，危及硯城裡的人們。

但是，白衣人們終究是紙做，沾水就撐不住，逐漸軟了下來，顏色也被泥水染黃。

驀地，蒼狼旋身一躍，魁梧奇偉的身軀遮蔽部分日光。

妖斧朝泥水揮出，射出一道道森冷藍光。

猛悍妖力灌注入紙人們，軟化的身形立即變得挺拔，黃泥也被逼得瞬間飛噴，紙人們有妖力加持，不但恢復潔白，還個個腰桿直挺，七竅閃爍幽幽藍光，隨之變得高壯。

「你真好。」

姑娘回眸，嫣然一笑。

「現在，該來看看，是來了哪位客人。」

軟嫩的小手提起，渾濁泥流也跟著盤旋上升，在紙人的堅強護衛下，她的指尖每提高一分，水流就升高一丈，深坑內的滔滔濁水都被捲起，包含細沙碎石洶湧圈繞。

當她的手指向天際時，濁流已化作巨大無匹的水龍捲，上通天、下接地，其中雷虐風號，一再亮起白藍光刺眼閃電，砂石相互反覆撞擊，尖銳的被磨去稜角，巨大的碎散成細小。

硯城的人們從未見過這般驚人奇景，個個目瞪口呆，連口氣都不敢喘。

雖說歷代木府的主人，就是硯城的主人。要是出了什麼難事，只要去求木府主人都能得到解決。

但這任的硯城之主，前所未有的年輕，能力卻也前所未有的強大，先前破陰陽的景況，有些人沒能親眼目睹，還不能全然信服，現在惡水成患，幸虧有她阻擋，就也由衷生出敬意。

只有蒼狼瞧見，看似從容的她，實則已用盡全力才能支撐，細緻肌膚上，浮現晶瑩汗水。

他伸手拈了一瓣，藏在烏黑秀髮中的櫻花花瓣，遞到她面前，濃眉略略揚起。

姑娘心領神會，雙眸含情脈脈，輕輕吹了口氣。

兩者力量相乘，花瓣飛入水龍捲瞬間，兇險泥水就化為櫻花，層層疊疊無數花朵順著水流迸發，開得急切又仔細，沒有一朵含苞未開，或是凋萎破敗，全都爭相綻放顯出最美姿態。

微風吹過，白衣人們散開，惡水化為漫天櫻花柔柔軟軟飄落入硯城，染得人人處處粉粉紅紅，眾人驚懼的神色都消失，欣喜沐浴在芬芳花雨中，額手稱慶大禍消弭，鬼也興奮的咻溜溜轉圈跳舞，高興活的親人們、還有墓地都能保全。

「感謝姑娘！」

「謝姑娘救命之恩！」

人們歡欣鼓舞，大聲喊叫。

有人感激涕零的跪下，對她再三膜拜。

她微微一笑，轉頭看向乾涸深坑。

水被抽盡，坑底景況一覽無遺。

不需要她出聲言語，蒼狼寬厚有力的大手主動攬住綢衣下的軟軟細腰，一同躍入坑中。

因為一手環抱著她，他落下的速度很慢，格外珍惜懷中的嬌小人兒，鞋尖落地時沒有激起半點土塵。她歡喜的依偎在他頸窩中，笑靨如花，全心全意信賴。

深坑底部，躺著一隻巨龍。

龍口半張，利齒間吐著粗淺喘息，狀似極為痛苦，全身鱗甲黯淡，脊刺多有斷折，身軀露出血肉模糊的傷，長鬚上沾著點點血珠，頭上雙角被折去一根，斷根處只餘殘骨，還在裂分碎散，很是狼狽悽慘。

「你怎麼受傷了？」

她凝望著傷龍，面對險些釀出大禍的外來者，沒有惱怒也不是開口責備，而是關心傷勢。

悅耳的語音，神奇的讓疼痛消弭，龍無限慚愧的低垂著頭，收斂四肢利爪，口中吐出的聲音，如金屬相互摩擦，在深坑內迴響。

「這是龍吟。」

蒼狼解釋，仍沒有鬆懈。

她雙眸閃動，偎靠在他健壯的手臂中，比絲綢更柔膩的烏黑髮絲覆蓋他衣衫外的皮膚，隨著仰頭，或是側頭望向傷龍，髮絲就隨而輕輕摩擦。

「你聽得懂？」

硯城裡人說人語，即便是鬼，生前也是人，能說得人話，她聽了就能明瞭，但是她不曾見過龍，自然不懂龍吟。

他點頭。

龍再三低頭，竭誠叩拜，吟聲高低起伏，過了一會兒才停。

「牠原本為水神挽車，因愛戀水神之妻，受到水神責罰，還被折去一角，痛極墜地，才會落到這裡。」

蒼狼解說。

「既然來到硯城，就是硯城的客。」

依偎在他懷中的她很大方，卻也賞罰分明。

「不過，自己闖的禍，要自己負責。你撞出這深坑，會蓄積雪山之水，為避免水勢危害硯城，往後你就必須鎮守在此。」

清脆好聽的嗓音，蘊含極強力量，傷龍不敢違抗，全然臣服，只唉唉又吐出一聲低吟，晃了晃龍首，鮮血落到地上。

「啊，你的龍角已散去，獨角不足以鎮水。」

烏黑的雙眸滴溜溜轉了轉，紅唇噙著慧黠淺笑，白嫩指尖指向坑外白衣人。

白影忽閃，速度很快，依從她的心念動作，很快取來一株根莖肥厚的植物，恭敬的舉手奉上。

植物生得特殊而巨大，因為是剛取下的，斷折處還流著濃黏汁液，根處有黑褐色鱗片，形似鹿角，全株覆著一層柔毛，愈往末端顏色愈是灰綠，當真跟龍角有些許相似。

「這是鹿角蕨。」

她輕撫著植物，語音悅耳。

「用這來代替失去的龍角，助你今後在此鎮水。」

龍見識到她的能力，沒有半點懷疑，敬重的點頭，偏過巨大的龍首，無角的那側謹慎靠上前。

鹿角蕨大而沉重，蒼狼從白衣人手中接過，不讓她多費力氣。

在他的協助下，姑娘將蕨根斷處，續接在龍角被折的傷口。剎時之間，兩者相接處迸出湛湛綠光，植物變硬成角，濃黏汁液與龍血相融，源源不絕的力量從接角處，傳遍龍的全身，黯淡鱗甲恢復鋼一般的色澤。

龍感激的叩首，口中吐出的聲音比先前有力。

「雖然續得一角，但他身受重傷，即便竭力鎮水，只怕壽命過百年，也將要力盡了。」

蒼狼說道，因見多識廣，一眼就看出要緊處。

姑娘點點頭，問伏首叩地的龍。

「深潭不可無龍鎮水，之後有誰可以替代你嗎？」

龍昂首低吟，長鬚抖動。

「他說，有個摯交好友，是條黑龍，現今還年少。等到他無力支撐時，會將黑龍喚來硯城，鎮守深潭之水。」

蒼狼將龍吟譯成人言，半點不漏的說給她聽。

「那就好。」

嬌靨笑意盈盈，不只令人迷醉，即使非人也要傾倒。

「希望那黑龍也是好相處的，不要惹出禍事來。」

龍眼灼灼，痴望著她，再度吟叫出聲。

「他說什麼？」

她興味盎然，很是好奇。

蒼狼頓了頓，心中有種從未感受過的奇妙滋味，如有鯁在喉，雖不痛，卻太過不適。他的手臂稍稍收得更緊，半晌後才說道：

「妳比河神之妻更美。」

「謝謝。」

姑娘粲然一笑，眼波流轉，頑皮的故意問道：

「你覺得呢？」

黝黑的臉龐神色冷峻，看不出表情。

「我沒見過河神之妻。」

「喔。」

她不再問，只是微笑不語，仍看著他。

承蒙續角之恩的龍，高仰起細頸，肚腹收縮再鼓脹、收縮再鼓脹，數次之後長舌抖動，吐出一塊黑乎乎的，形狀方正，但看來非土非木、非金非石，不知是什麼質地的物件來。

龍吟嗡嗚，不對襯的角拱起物件，送到她面前。

蒼狼難得露出詫異神情。

「這是他惹出災禍的賠禮，是神土，名為息壤。」

「我曾在書上看過，息壤具有生生不息之力，貴重非凡。」

她伸手輕輕撫過龍角，龍發出近乎嗚咽的聲音，徹底心悅誠服。

息壤雖可用來填補深坑，但是續角的龍無法完全恢復能力，留在硯城才有棲身之地，讓他在此鎮水，實則也提供保護。龍知曉此理，才送出藏在腹中的寶物。

「謝謝你，我將會這份重禮妥善收好的。」

姑娘軟言輕語。

不必出言吩咐，白衣人上前，主動捧起息壤。

「我們該回去了。」

蒼狼突兀說道。源源不絕的清澈泉水在坑內累積，已經要漫過妖斧劃出的結界，深坑成為水潭，水位升高再升高。

她嬌柔一笑，伸出雙手擁抱他高壯身軀，甜甜應和：

「都聽你的。」

在龍依依不捨的注視，還有硯城人們的仰望中，暗青色蒼影疾如流星，穿過茫茫水霧形成的虹，往木府的方向飛去。

自此硯城北部，形成一座深潭，水色青碧。

硯城的人們，起初還有些忌憚，怕龍會再鬧出事端，都不敢靠近潭水，有些因龍墜落時，屋宇被破壞的，對龍還很是厭惡。

只是，白衣人走出木府，在石牌坊前宣告。

鎮水的龍是姑娘的貴客，往後都會如城民，遵守姑娘的規矩，如硯城內的一草一木、人或鬼，受姑娘管轄。

既然姑娘這麼說，人與鬼都不再有怨言，而續角的龍深潛水中，沒再鬧出風波。

有次頑皮的孩童，不小心失足落水，潭水太深，人們哀淒痛哭，以為孩童肯定溺斃。沒想到，潭水一時如沸，翻滾水浪中，孩童被龍吐出的氣泡包圍，安然無恙的浮出水面，還納悶是出了什麼事，人們怎麼都淚眼汪汪。

得救的孩童，被欣喜後狂怒的母親，狠狠揪著耳朵扯回家。

人們得知龍幡然悔悟，不行惡事，有此善舉後也願意接納，將這座深潭命名為龍潭。從此，硯城不只有人、有鬼，也有非人非鬼的龍。

當蒼狼再度來到木府，被白衣人殷勤請到某座庭院時，姑娘正坐在廳堂內、大桌前，細細讀著一本書籍，精雕細琢的窗櫺外，綻放的不再是櫻花，而是如雪似玉，羞粉粉的杏花，相較燦爛的櫻花，杏花滿院很是靜謐。

他的腳步無聲，她卻抬起頭來，粉頰嫣紅，笑得無比嬌甜。

「你來啦，」

姑娘站起身來，暖嫩小手握住他，將他帶到桌邊。

「我得要好好謝你。」

「謝什麼？」

「虧得是你與破嵐幫忙，不但助我降龍，讓硯城躲過滅頂之災，還將龍吟轉為人言。否則，不解龍吟，這事很可能無法善了。」

她指著桌上的書，書上墨跡奇詭，似圖似文。

「我找到這本書，記錄龍吟外，還有不少非人的言語，等我讀懂後，不但能溝通，也能教非人都說人語。」

柔軟嬌軀靠來，眸中略有羞澀，卻還是貼靠他的手臂，仰望的小臉笑容可掬，綢衣染了杏花的顏色，還有淡淡幽香。

「傷龍良善，願意將功贖罪。但是，往後來硯城的人或非人，也可能有居心叵測，想為禍作亂的。」

「我會幫妳。」

他重複諾言，珍惜她的意念，不知不覺間愈來愈是濃烈。

她柔柔一笑。

「你真好。」

粉臉羞紅，承受不住滿目情意似的低垂，另一隻手落在書上，輕輕撫摸揉搓薄薄紙張。

「紙人雖然便利，但碰水就軟，用途有限。」

她語聲輕輕，如醇酒般醉人。

「要是有不濕不化的紙，該多好……」

碎片與另一塊碰撞，夢境到此為止。

他是醒著，還是落入另一個被她干預的夢？

關於她的笑容、她的注視、她的笑聲、她的嬌言軟語，充滿在夢與夢之間，深深滲透他神魂中。

前世今生，他都自願協助她、珍愛她……

是吧？

是自願吧？

夢裡顯現的，都是情深意重。

那，夢境之外呢？

懷抱著嬌軀暖暖、閉眼沉睡的她，兩人身體親密相貼，而他卻覺得，彼此的心相距太遠，重重夢境後，真相會是什麼？

你心愛的女人，究竟隱瞞了什麼？

魔言一再重複，跟硯城深深之底的黑膩稠黏同語，發出太過微小的震動，小得連他也察覺不出。

而言語迴盪太久，竟愈來愈是熟悉。

熟悉得，像是自己的聲音。

玖

虎姑婆

傍晚時分，硯城中點起盞盞燈火，四方街廣場尤其熱鬧，紅燈籠臨水高懸，燈影綽約。一些白晝沒開的店面，入夜才開始營業，往來客群與白晝不同，但同樣言笑嘻怡。

五色彩石鋪就的石板路，有六條分往不同方向，又從主街岔出許多街巷，街巷相連、四通八達，不論大街小巷都鋪得平整，晴不揚塵、雨不積水。

離四方街廣場愈遠，路就愈窄些，也沒那麼熱鬧，幽深民宅入夜後更顯靜謐。位置雖偏僻，建築仍很講究，大多是白牆黛瓦、三房一照壁的好宅子，雕繪花鳥蟲魚等等花紋，玲瓏精巧。每座宅院裡都有花圃，有的是植樹、有的是盆栽，四季都有不同花卉盛開。

其中一家四口人剛用過晚餐，餐盤飯碗都收拾洗淨，父母沒有陪同子女熄燈歇息，而是在杉木浴盆裡裝了略燙的水後，再拿外出服穿上。

兩個孩子一女一男，姊姊看來約九歲、弟弟約是五歲，對父母最近兩三個月來夜裡總出門一事習以為常。乖巧的姊姊頭綁綠絲絛，烏黑髮絲綰成兩個小髻，乖巧的說道：

「爹、娘，路上小心。」

「知道。」

父親和藹一笑。

「小麗，等會兒妳幫尼南洗好澡，就早些去睡了。」

母親細心，囑咐道：

「今晚不用等門，我們回來時夜肯定深了。」

夜裡留著稚兒在家，為娘的難免多吩咐幾句。

「好的。」

知曉女兒年紀不大，但辦事穩妥，父母放心離家，讓女兒從內把門鎖好，跟左右鄰居會合，走進深深夜色裡，趕著去參加聚會。

入夏後不久，先是父親透過友人介紹，去城中一家富戶參與聚會，席間人與非人、各行各業都有，主人還提供一種香得近乎銷魂，一喝就難忘，但分辨不出是什麼的茶。

那種茶，喝過一次就忘不了。

於是，友人再度相邀，父親也迫不及待同去赴約。

返家後，提起聚會內容，父親總說得眉飛色舞，形容主人的住家多麼奢華，招待的香茶如何滋味無窮，參與的人們聊得很是歡欣，都深感相識太晚……說著說著，聲音時常就低了下去，不再言語的嘴彎起神祕的笑。

妻子聽了很是好奇，瞧丈夫的笑，擔憂他在聚會上勾搭別的女子，友人再來邀約時，她就說要跟著去。丈夫非但沒有阻攔，還說正和心意，聚會主人說來客多多益善。

果然，妻子參加過後，也是讚不絕口。

從此在家裡，夫妻也會聊起聚會的事，還去邀請左鄰右舍參加，遇到拒絕的也不強求，但大多數人都好奇，有的揣著去去無妨的心態同去，事後也跟夫妻一樣樂此不疲。

父母出門後，小麗牽著弟弟到浴盆旁，確認水溫適宜後，才拿來皂莢樹果實煮出的水，仔細在手心裡打出泡沫，抹在弟弟的頭髮上搓洗，過了一會兒才洗淨。

尼南在胖乎乎的身子上抹皂莢果水，沖洗乾淨後左扭右擺甩了甩，就爬進浴盆裡，坐在溫熱的水裡，濕漉漉的髮黏在圓臉旁，更顯憨實可愛。

「真是的，又濺了我一身水。」

小麗埋怨著，語氣裡倒沒有責備的意思，習慣弟弟的調皮。

「你就不能乖乖等著讓我洗嗎？看，地上也濕了。」

「我就是要自己洗。」

他樂呵呵的說著，胖手胖腳在水裡划動。

「等娘回來，我要跟她說，我是自己洗的澡。」

「娘回來的時候，你早就睡了。」

小麗解開綠絲條，散開烏黑的長髮，坐在浴盆旁的小凳上清洗。

「那我明早說。」

尼南很堅持。

「好好好。」

小麗應著。

女孩頭髮較長，又愛潔好美，洗滌的時間自然比較長。身子泡暖的尼南，沒一會兒就因睡意來襲，閉著雙眼垂著腦袋，在浴盆裡打盹，腦袋有一下沒一下的點啊點，有幾次險些要浸進水裡。

「快起來，回床上去睡。」

她催促。

尼南迷迷糊糊的點頭，跨出浴盆後，拿毛巾胡亂擦了擦身，穿上預備好的睡衣，很快就鑽進被窩裡。

小麗這才脫下濕衣裳，進浴盆裡把自己洗淨，水已經變得溫涼，她沒有久待就起身穿衣，用毛巾輕拍濕髮。

就在這時候，門上突然響起敲門聲。

「小麗，快開門。」

老婦人的聲音雖然不大，但隔著門聽來還是很清晰。

「是我啊。」

聽見陌生的聲音，叫喚著自己的名字，小麗有些警醒，走到鎖好的門旁，好奇的問道：

「妳是誰？」

老婦人的聲音再度響起：

「我是妳姑婆。」

「姑婆？我不記得有姑婆。」

她困惑得很。

「當然，上一次我抱妳的時候，妳還是小娃兒呢，怎麼會記得。」

老婦人說著，語調和藹可親。

「我好久沒回硯城，剛剛在路上遇見妳爹娘，他們趕著要去參加聚會，要我先過來休息。」

小麗原本有些遲疑，但聽對方言語，內容並沒有差錯，漸漸放下戒心。

老婦人還在叫喚，語氣極為誠懇：

「開門啊，姑婆走得累了。」

終於，門從裡面打開，剛沐浴完、髮膚潔淨的女孩，睜著圓亮的眼睛，望著眼前身穿黃衣，衣上有條條斑斕黑紋，白髮蒼蒼的老婦人。

「真跟妳爹娘說的一樣，是個體貼的乖孩子。」

滿是皺紋的臉堆滿笑，濃而雜亂的眉毛下，漆黑的雙眼閃閃發亮，薄而下垂的唇異樣紅潤。

「尼南呢？」

她問。

「已經睡了。」

「很好很好。」

老婦人說，回身把門鎖上。

見她連弟弟的名字也知曉，小麗乖巧的點了點頭，轉身往屋裡走去，沒有察覺背後亦步亦趨的老婦人，鼻翼因吸氣而鼓起，陶醉聞著她的氣味，幾根乾燥的髮絲還被吸得輕輕飄了起來。

粗糙乾枯、覆蓋薄薄黃毛的手，落到女孩肩上，輕輕摸了摸，將她轉了過來。漆黑的雙眼在燈光下，更是炯炯有神，甚至顯得很是美麗，琥珀色的瞳仁上下打量。

「來，讓姑婆好好瞧瞧。」

她啞著聲，軟厚的指腹擦過小麗臉龐，歡欣不已的誇讚：

「真好，看這臉蛋，嫩滑滑的。」

枯槁生斑的手摸啊摸。

「這耳朵，軟彈彈的。」

「這手，白嫩又有肉，太好了太好了。」

愈看愈滿意，佝僂身軀微微顫抖。

「妳也去睡吧。」

她說，擦擦嘴邊幾乎要滴下的饞涎。

「姑婆，那妳要睡哪兒？」

擦乾頭髮的女孩問。

「我歇歇腿，等妳爹娘回來再做安排。」

老婦人說道，往椅子上一坐，揮了揮手，指縫裡黏著一層詭異的暗紅色。

小麗不疑有他，回房就在弟弟身邊躺下，拉上被子閉眼休憩，預備進入黑甜夢鄉。

直到這時，老婦人才呼出一口長氣，薄唇往兩邊提起，露出尖尖的牙。

成功了。

她瞇起眼來，伸出長長的舌，舔著牙上殘留的紅色液體。

這是她今夜第二度，踏入只有幼童留守的屋子。

自稱姑婆是謊言，她實際上是隻衰老的母老虎，受魔化的公子蠱惑來到硯城，妄想占領硯城、占領木府後，就能分食姑娘的血肉，依靠神族的力量返老還童，讓這副乾癟癟的老皮囊，重新恢復青春活力。

奈何公子敗退，如意算盤落空，虎嫗只能躲進偏僻的破屋，偶爾在夜裡出來，哆哆嗦嗦的獵捕些小貓小狗裹腹，過得比先前還不如，有時遇上健壯的猛狗，非但撈不到吃食，還會被咬得一身傷。

餓虎不如狗，實在悲哀。

只是，老也有老的好處，她至少精明過狗。

她漸漸發覺，不知怎麼的，入夏之後，硯城裡的居民時常在夜裡外出，到一家姓呂的富戶家中聚會。

起先，是每旬的第一天，後來次數增加，聚會變得頻繁，參與者全都樂此不疲，甚至為了聚會把孩童留在家中。

有些人是白天時去的，有些人則是入夜後才去。

這家跟附近鄰里就是夜裡去的。

來硯城前，她就曾嘗過人肉，滋味遠比別的獵物美味得多，尤其是孩童，皮滑肉嫩，吃來最是銷魂。

雖然見識過姑娘的厲害，但是她實在太餓，而那些落單在家的孩童們，總誘惑得她口水直流，日日飢腸轆轆，再不覓食只能餓死。

橫豎都是死，至少死前要吃個飽！

於是，她趁今夜出門，到參與夜裡聚會的人家外等著，偷聽大人對孩童們說的話，確認大人們都進了呂家，再到門外呼喊，自稱是姑婆，哄騙孩子開門。

上一家開門的是個男孩。

她一關上門，就張開血盆大口，用暗白而粗的獠牙，咬開男孩喉嚨，急匆匆的吞吃入腹，大快朵頤起來，甚至來不及品嘗味道。

餓得太久，吃一個是不夠的。

這家的姊弟是第二個目標，順利入門後，她激昂的心跳才稍稍放慢，雙手放在腹上，感受其中傳來的暖意，因進食後而有些暈暈然。

怕時間不夠，前一個男孩吃得匆忙，甚至沒敢全吃完，留了一部份珍惜的放在皮兜裡，這會兒才掀開來，拿出一截指頭，先在燈下欣賞了一會兒，伸出舌頭舔了舔，再放入口中吸吮，盡情享受質感跟滋味後，才捨得用利齒咬碎，好整以暇的吃起來，發出喀啦喀啦的咀嚼聲。

夜裡很靜，聲音格外響亮，迴盪在屋裡。

原本已經快睡去的小麗，在暗處睜開雙眼，好奇的撐起身子，視線往廳裡燈光處望來，問道：

「姑婆，妳在吃什麼？」

太過忘情的虎嫗動作一停，倚仗大人們不在，孩童又柔弱可欺，枯槁的身軀仍舊鬆軟軟，邊享受的進食，邊懶懶思忖。

等會兒，該先吃哪個？

是男孩？

還是女孩？

或是一口男孩、一口女孩，輪流品嘗，在舌齒間感受不同滋味、口感、質地？

總之，鮮的就好吃，這次還能吃得慢些，不再囫圇吞棗。

房內又傳來叫喚，這次語音很清醒，不再有睡意。

「姑婆，」

女孩還問著：

「妳吃什麼呢？」

「沒、沒什麼，」

她說得含糊，胡亂編造，又喀喀喀吃了一個。

「只是花生。」

暗處裡傳來窸窸窣窣，棉被與肌膚摩擦的聲音，還有不死心的討要：

「我也要吃。」

虎嫗拒絕。

「小孩子不能吃。」

好不容易到手的美味珍饈，怎能分送出去。

已坐起身的女孩繼續叫喚：

「姑婆，就分給我一些嘛。」

「不行。」

鬆垮老臉生出長鬚，黃衣黑紋緊貼身軀，茸茸皮革從短漸漸變長。

吃得太陶醉，已經不太能維持人形。

睡夢中的尼南也醒了。

「姊？」

他翻個身，揉揉眼。

「妳跟誰說話？」

「是姑婆來了。」

小麗說道，朝燈下指了指。

「她在吃花生。」

「花生？」

尼南頓時來了精神，吞了吞口水，急忙叫喊著：

「姑婆姑婆，我也要吃！」

「吵死了！」

虎嫗罵道，陶醉得眼皮半睜，貪戀此時的暈然，為求得清靜，從皮兜裡隨手一掏，就往暗處丟去。

「吃吃吃，吃了給我安靜！」

黏紅帶血的斷指，在地上咚的一彈，就落入暗影裡，地上殘留點點暗紅。

虎嫗這時才警醒過來。

糟了，雖說兩個孩子應付起來容易，但要是他們驚聲大喊，引來不必要的阻力干預，豈不是徒增風險？

她倏地翻身落地，爪鞘裡的利爪伸長，琥珀色的眼瞪得又圓又大，半開的嘴吐出臊腥氣息，預備就要撲過去，盡快咬死姊弟。

暗處沒有傳出驚叫。

喀、喀、喀……

硬物啃嚼骨頭的聲音。

起初，還有點遲疑，在熟悉陌生的食物。

喀、喀喀……

喀啦！

終於，骨頭迸碎。

津津有味的咂吮聲，從暗處傳出。

大型獸類的氣味飄出，從淡薄變得濃郁，夾帶竹葉的草腥氣。虎嫗從未聞過這味道，只覺得遍體生寒，本能的呼吸加速，恐懼得尾巴低垂。

「好吃。」

男孩聲音低喃。

「這花生真好吃。」

黑影從暗處緩慢探出，覆著粗糙黑毛的厚掌，蹣跚踏到燈光所及之處，半披在身上的被子滑落，體態一覽無遺，似熊非熊，掌前生著五根尖銳趾爪，腕骨處還有短而無爪的第六趾。圓頭粗頸上，雙耳、眼周與口鼻的皮毛黑中透褐，因首次嘗到不同的鮮味，小眼閃閃發亮。

「姑婆，我還要吃花生。」

大嘴利牙發出人聲。

驚恐不已的虎嫗，蹲伏在地上，四肢顫抖，雙眼愕然瞪大。

她雖精明到，摸清大人們出門的時間，吞食第一家的孩童，卻沒有預料到，第二家的孩童吞下指骨後，竟會化身成前所未見的異獸！

圓頭短尾的胖碩身軀逼近，低下毛茸茸的腦袋，舔著地上殘留的血跡，頭部與身體看似黑白分明，實則黑毛中透著褐、白毛中夾著黃。

「那不是花生。」

女孩從暗處走出，愛憐的撫摸皮毛，循循善誘的教導。

「是肉。」

雖然還是人形，但雙眸跟異獸一樣，眼白極少，漆黑眼珠熠熠生輝。

「肉。」

男孩聲音模糊，悶響如咆。

「還要。」

異獸步步逼近，虎嫗連忙甩下皮兜，兩隻前爪在地上一按，縱跳到一旁，齜牙咧嘴佯裝威嚇，勉強掩飾驚駭。

女孩幾步走上前，動作無聲無息。她先截堵通往大門的方向，再撿起皮兜打開，往裡頭看了看，貼心的遞到圓滾滾、毛茸茸的大嘴邊。

「這裡還有，來，慢慢吃。」

鈍短口鼻探入皮兜，盡興大吃大嚼。

「謝謝妳，替我們帶吃的來。」

女孩轉過頭來，黑漆漆的眼看著虎媼，微笑的時候，露出鋒利如鍘刀的獠牙。

「細竹跟野果雖然味道也不錯，但連續吃好了幾年，實在是吃膩了。」

白森森的牙，驚得虎媼身軀低伏，幾乎要哀鳴出聲。

她犯了致命錯誤。

以為大人不在，孩童就可任憑擺布，卻不知看似安全的地方，實則最是危險。

這家的大人，會安心在夜裡離家，是知曉兩個孩子雖小，卻已經有自保的能力。

而她卻被表象所欺，如今身陷險境。

她不該貪心。

早知道，吞吃一個男孩後，就該躲回破屋。

如今，後悔已經晚了。

「你、你們是什麼？」

她聲音沙啞，吐出的字句因顫抖而頓挫。

女孩狡黠的嘻嘻笑著：

「妳不是說，是我們的姑婆嗎？怎會不知道我們是什麼？」

燈光照亮她的側臉，映在牆上的陰影卻不是人形，同樣是豐腴富態、似熊非熊的異獸。

盤腿坐在地上的弟弟，已把皮兜裡吃得精光，茸毛厚掌往內探抓，將皮兜翻了面，貪饞的舔了又舔，才抬起沾血的毛茸圓臉，意猶未盡的輕推著姊姊身側撒嬌，喉間發出模糊咕噥：

「還要。」

女孩拍撫弟弟，照顧得很盡責。

「乖，再等一下。」

前路被截，魂飛魄散的虎嫗只能撐著發軟的四肢，緩慢後退再後退，漸漸離開燈光明亮處，躲避到較陰暗的地方，不自覺的退入一間房中。

女孩亦步亦趨，陰影無比巨大。

虎嫗惶亂避到牆邊，尾巴驀地拂到粗硬乾燥的皮毛，連忙竄跳起來，驚恐回身望去，料想不到屋內也有埋伏，她卻沒察覺到半點氣息。

只見龐然巨獸昂然而立，占滿整面牆，口鼻朝上、四肢大大攤開，前肢後腿都是黑褐色，身軀部分黃如枯草，雙耳鬆垂，圓黑的眼朝下俯視，卻見毛不見眼，只留小小圓洞。

「爺爺！」

男孩的聲音叫喚著。

虎嫗直豎的粗短尾部，稍稍軟垂下來。

難怪她察覺不到氣息。

巨獸只剩皮毛攤掛牆上，血肉內臟跟骨骼全都不翼而飛，連四肢末梢的利爪也被斬斷。因死去太久，徒具一張皮毛，氣味老早消無。

「我們是白羆，很久以前，曾經是神的坐騎，那時，人們也信奉我們為神靈。」

女孩輕聲說著，一步步走近，抬頭望著牆上大大攤開的皮毛，灼亮的眼濛了水霧。

「但是，我們的神戰敗，人類不再敬畏我們，開始剝我們的皮、吃我們的肉、吸我們的骨髓，幾乎要把我們一族獵殺殆盡。」

「爹娘帶我們逃了又逃，好不容易才來到硯城。夫人心地仁慈，求公子庇護我們，能在硯城裡安居。

為了隱藏身分，我們從雜食改為茹素，吃細嫩的竹子，只是吃竹子不容易飽，總要一直吃一直吃，咬得下顎好瘦。」

她頓了頓，感嘆說道：

「還是吃肉好。」

女孩親暱的揉揉弟弟後頸。

「尼南，對吧？」

「肉……」粗啞的熊咆，發出勉強近似人聲的音。

「好！」

姊姊逐漸獸化，四肢著地露出獠牙，用鼻子推了推弟弟。兩頭異獸從不同方向靠近，環繞狼狽不堪的虎嫗，不時伸出利爪探抓，在大快朵頤前戲耍獵物。

「等、等等！」

虎嫗哀叫出聲，在利爪下閃躲，眼看異獸的包圍圈愈來愈小，臨死前靈光乍現。

「姑娘！」

她喊出木府現今的主人。

木府的主人，就是硯城的主人。

前一任是公子，這一任則是姑娘。

在硯城裡妄肆食人，壞了硯城的規矩，她原先最該忌憚的就是姑娘，如今死到臨頭，卻想用姑娘名義保命，實在諷刺至極。

隨著那聲叫喚響起，陰暗的房內閃起黝亮微光。

虎嫗這才發現，房內貼著一塊塊木牌。從腳下的地板、左右兩邊的牆壁，乃至房間上方，都貼著一塊又一塊方正木牌，每一塊牌上都用黑膩不明的顏料，畫著同樣的符文。

「你們不能吃我，」

她進退不得，頭尾不能兼顧。

「姑娘不會允許的，她、她會懲罰你們，把你們驅逐出去！」

黑膩的顏料如被叫聲喚醒，緩慢流淌著，讓符文一時濃一時淡，微光也隨之忽明忽暗，照得房內光影詭麗。

姊姊不懼反笑。

「嘻嘻。」

異獸森白的牙，還有白中透黃的部分，都映著詭異符文，血盆大口張到最大，咬住悔不當初的虎嫗。

鬆垮的虎皮被撕裂，溫熱的血飛濺開來，染紅銳利獠牙，忙碌大嘴下發出的聲音，不再是單調的喀啦喀啦，隨著吃的部位不同，聲音也不同，有時響有時悶。

肉少處先是喀嚓脆響，大小不一的碎骨，在臼齒間研磨。

肉多處是濕潤的吮音，唾液在舌齒間嘖嘖作響。

利齒撕裂老化的韌帶，咀嚼多肉部分，咂叭咂叭咂叭……

當腹部被撕開，翻倒的虎嫗在劇痛中顫抖，呼吸淺而急促，不知是姊姊還是弟弟，一下又一下扯著她的五臟六腑，嚼著她的肺、咬碎她的肝，符文倒映在翻白的眼中，才顯出真意。

姑娘

一塊塊木牌上，全是倒寫的「姑娘」。

虎嫗在利齒的分食下沒了氣息，原想飽餐一頓的她，成了姊弟的餐食。

四更天左右大門被推開，父母這時才回來。

一進屋看見飄飛的虎毛、被咬得洞穿的殘碎虎皮，還有斷骨殘肉跟處處沾染的血跡，母親率先出聲：

「你們還沒睡？」

語氣裡只有微微責怪，沒有半點驚恐之色：

「小麗，夜半三更的，妳怎麼把老虎放進來了？」

「她帶了生肉來，好香好香。」

恢復人形的女孩露出笑容，抹了抹嘴邊的血，靠到母親身上撒嬌。

一旁的弟弟還維持獸形，懶洋洋的翻滾，懷裡抱著老虎頭顱前後搖晃，當球一般戲耍，時不時貪婪舔咬，色粉而薄的舌頭靈巧鑽進空空的眼窩回味，始終捨不得放下來。

「尼南，快別吃了。」

母親忙說，用力把殘缺的頭顱拿開。

「也不知是哪來的虎，要是吃壞肚子怎麼辦？再說，虎肉味酸，又是這麼老的虎，口感肯定偏柴發苦。」

她嫌棄的丟開虎頭，懶得多看一眼。

初嘗血肉的異獸哀叫抗議，嘴裡發出模糊人聲：

「肉，好吃。」

「不怪他們，送上門的生肉，難怪他們忍不住。」

父親拍了拍兒子的頭，寵溺的笑著，看著遍地狼藉，欣賞兒子初次獵食的成果。

「世上有別的肉，比老虎好吃多了。」

雖然茹素已久，但是他們本來就是雜食，血肉的鮮味至今難以忘懷。

「爹，我們什麼時候才能再吃肉？」

小麗問道。

「要好吃的肉。」

「等到公子說，可以吃肉了，我們就可以再放心吃了。」

父親很有耐心的回答，唇上白毛冒出幾根黑鬚，貪涎讓利齒閃閃發光。

「那還要多久？」

回味方才的鮮肉，小麗已經迫不及待。

「快了。」

父親安撫著，從懷中拿出木牌，走到陰暗的內室，將木牌貼到攤掛皮毛的那面牆上。

「等到木牌貼滿這面牆時，我們就又能吃肉了。」

正寫是稱謂，逆寫是咒。

縱然不知道姑娘的名，但他們在夜間聚集，用摻了姑娘髮沙的黑膩稠液，一遍遍逆寫姑娘之稱，再帶回家藏在不見日光的房中，又或是寫別的字句，分發給不知情的人們，一點一滴的集聚惡念。

隨著時間過去，他們的伙伴愈來愈多，隱藏的惡念力量也愈來愈強，等契機一到，就能覆滅姑娘的統治，甚至抹殺她的存在。

這次，他們很有把握。

因為他們有了強大的伙伴。

只要再耐心等待一小段時日，一切都將水到渠成，才能一擊必殺。

在硯城的暗處，已滿是對姑娘的惡咒。

那一天，即將到來。

拾

空心

硯城內外喜氣洋洋，人與非人期待已久的日子終於到了。

今日是木府主人的大喜之日。

木府的主人，就是硯城的主人。

歷任的木府主人都很年輕，也都沒有名字，男的稱為公子，女的稱為姑娘，不論是人或非人的事情，只要來求木府的主人，沒有不能解決的。

人與非人們不論有沒有受過恩惠，都對木府主人很是尊重，連提及時也帶著深深敬意，曾入過木府的，更覺得無限光榮。

難得遇到這喜慶的日子，眾人都爭著搶著，傾全力相助，但凡能幫上一丁點兒忙，就覺得臉上有光，連十八代祖宗也跟著增光添彩，做鬼比做人時更得意，抖擻得骨架喀喀作響。

凡是花轎會經過的地方，都搭了彩棚，紅綢紅緞紅紗紮得絢麗多姿。

彩棚外則站滿人與非人們，不論是做生意的、開小攤的；賣力氣的、動腦筋的；戶外營生的、家中操辦的；有喘氣的、沒呼吸的；長長毛的、長短毛的，或是沒長毛的，全都來湊熱鬧，擠得彩棚外水洩不通，期待能看一眼花轎，沾沾婚禮的喜氣。

盼啊盼，就聽得遠遠的，傳來一聲響亮的鑼聲。

鑼鼓隊開始吹奏，十面雲鑼敲得清脆響亮、蘆管嘹亮高亢、曲頸琵琶嘈嘈切切，搭配火不思、橫笛、二簧、三弦、鑔、鐃、大鈸、板鼓等等樂器，節奏明快，熟練又有默契，吹奏的是「百鳥朝鳳」的樂曲，喜慶樂音傳遍硯城內外。

木府選用的，是硯城裡口碑最好的姜家婚轎鋪。

平時，是執事身穿紅羅衣、頭戴紅羅帽，手裡提著一面大鑼，鑼面擦得金燦燦的，走在婚轎隊伍最前頭。

但，這趟可不同。

花轎裡坐的人兒太尊貴，執事不敢走在前頭，就怕折了壽。

一番苦思後，隊伍稍有調換，八人抬的華麗花轎在前，銀杏木加層層朱漆做底，再鋪滿金箔貼花，雕工精緻複雜、栩栩如生，轎沿的帷幔是捻金繡，整座花轎在日光下燦爛奪目。

轎夫們個個穿著大紅衣裳，將花轎抬得極穩，不論是走街過巷、登橋轉向，轎上大大小小九十九個流蘇都只有極度輕微的晃動，擺動的幅度小之又小。

執事跟在花轎後頭，用鑼聲指揮隊伍。

衣著鮮豔的秀麗丫鬟們，個個笑容可掬，一手提著花籃，一手朝兩旁漫灑金箔牡丹，人與非人們仰頭讚嘆，紛紛伸手去接。因為灑得多，圍觀者個個有分，全都笑逐顏開。

十六人鑼鼓隊跟在丫鬟們之後，而鑼鼓隊後還綿延著長長隊伍，是硯城的人與非人們為慶賀婚禮，獻上的各種用物，大到妝床、小到繡針，日常所需無一不包，連包裝也講究，紅綢繡金、流光溢彩。

就這麼一路鑼鼓震天、金花飛灑，花轎終於來到木府外的石牌坊前。

容貌俊逸如仙，身穿紅色喜袍的男人，面露微笑的等在那兒。

木府歷任的主人都很年輕，也都沒有名字，男的稱為公子。

現任的木府主人，是個容顏俊逸非凡、雙手溫潤如玉，慣穿飄逸寬袖白袍，看似二十五歲的男子，因為今日大婚，才將白袍變換成大紅。

「恭賀公子！」

「公子大喜、夫人大喜！」

人與非人們搶著道賀，語調此起彼落。

「永結同心！」

「琴瑟和鳴！」

他向來森冷的臉龐，露出無限溫柔的笑容，俊美得幾乎讓日光黯然失色，望著花轎的雙眸盡是深情。

身為木府的主人、硯城的主人，他幾乎能事事順遂心願，是認識了花轎中的人兒後，他才知曉，世上竟有事能讓他夢寐以求，如渴時的水、餓時的糧、病時的藥。

啊，雲英。

他熱切深愛的女子。

即使身為硯城之主，為了得到她的芳心，他也費心許多，因為太愛慕，所以不敢強求。她心軟，見不得傷心之事，人或非人知曉他的傾心後，遇到無法解決的事時，不敢來求他的，就去求她。

那樣的事五花八門、多不勝數。

昔日，他肯定厭煩至極，懶得去多管。

但是，因為一樁樁的事情，讓他有了跟她相處的機會，漸漸讓她曉得他的情愫。他於是紆尊降貴，為人與非人們解決煩惱，在贏得硯城內外尊重時，也贏得他心愛的佳人。

在眾人歡呼中，他那散發著淡淡光芒，連最上等的絲綢都難以比擬的手，慵懶的輕輕一揮。

整座硯城都安靜了。

他親自走到花轎前，竟覺得心跳變快。

「雲英，」

他將她的名字，喚得極為溫柔。

「妳可知道，我等這一日，等得有多煎熬？簡直是心如刀絞、身似油煎。」

花轎裡、繡簾後，傳來一聲輕而又輕的笑。

那笑，讓等待的苦楚都值得了，他的心幾乎要融化在柔情中。

他是木府的主人、硯城的主人，婚禮的繁瑣儀式不需樁樁件件都隨俗，花轎從硯城那端來到木府前的時間，已經耗去他的耐性。

他迫不及待，現在就要看見他心愛的女子、他的新娘。

宛如玉雕的手掀開繡簾，身穿鳳冠霞帔，以別緻大紅綢緞遮面的嬌小女子，端坐在花轎中。

有一瞬間，他的手在顫抖。

輕而又輕的，公子扯下那塊大紅綢緞。

隨著綢緞落下，露出鳳冠上靈動的九隻點翠鳳凰，以及鳳冠下的臉龐……

他陡然一驚。

鳳冠下，竟沒有臉。

該說是，五官全消失，只餘蒼白皮膚。

「雲英！」

他失聲叫道，見皮膚下微微起伏，像是想說話。

「妳說什麼？別怕，我會救妳！」

他焦急喊道。

圍繞在石牌坊前的人與非人們逐一消失。

鑼鼓隊消失，聲音愈來愈小，直至完全無聲。

執事、丫鬟們、扛賀禮的男男女女都消失。

木府、石牌坊也消失不見。

眼看花轎形體漸漸變得淡薄，他匆忙握住嫁衣下的小手，將她拉出花轎，就怕她會跟著消失……

他只快了一些些。

花轎消失後，四周都暗了下來。

他牽握心愛之人的手。

「別怕！」

他叫喚著，驚恐的察覺，握住的小手陡然消失。

失去支撐的嫁衣，輕飄飄的落地。

喀嗒。

隨著低微悶聲，一雙失去主人的繡鞋落在他眼前。

公子目眥欲裂，失聲痛吼，張開嘴後，雙眼因驚駭而睜得更大……

不是不能出聲。

是他忘了。

忘了為什麼在這裡。

忘了為什麼悲痛。

忘了原本從胸口聚湧，凝在舌尖，卻想不起的人或事。

黑暗包攏，而他絞盡腦汁，卻什麼都想不起……

魔醒了。

惡夢讓他恐懼至極，醒來時反覆低喃著：雲英雲英雲英雲英……

他一直唸著，深怕會忘記。

曾經，他所做的夢，是兩人被迫分開的那日。

分離太痛，但他不想忘卻那個夢，那是跟妻子的最後記憶，夢裡還有對姑娘濃烈的恨，他保留著恨意，一遍遍重溫，才能化為最黑暗的魔，回到硯城找尋妻子。

但是，與姑娘的幾次交手，他魔心硬的部分被毀去，徹底灰飛煙滅。是左手香魔化叛倒，將魔心軟的部分藏起，他才能勉強維持魔形。她把剩餘的魔心，藏得很好，即使是姑娘也找不到……

連他也找不到。

魔在黑暗中嗚咽，聲音小之又小。

他怕。

好怕好怕好怕。

怕忘了最愛的她。

殘破的魔心，要維持魔形已經很勉強，雖然他依舊能吞吃人與非人的肝，用以滋補恢復魔力，為下次反撲蓄力，卻無法阻止記憶逐漸消失。

他也試著去吃人與非人的心。

但是，那沒用。

因為那些心，都不是他的心，沒有對妻子的愛，記不得她的一顰一笑、她的舉手投足，以及他們曾經幸福的日子。

再這麼下去，他遲早會忘了她。

忘記她的姓名、她的柔情、她的溫度、她的髮香、她的模樣……

忘記她這個人。

永結同心？

怎麼辦，他連心都只剩一些些。

哀傷與恐懼讓他無法繼續藏身，蛇髮垂落、額上生角、長著獠牙的魔，深陷的眼窩裡流著淚，滴落在石上腐蝕出一個個洞。掩護他的巨石、泥沙，都被深深侵蝕為無。硯城之底，深之又深處暴露出來，日光灑落其中。

天還亮著。

魔緩緩爬出深坑，雙足踏上平地。

以往，硯城內外都被姑娘的力量覆蓋，就算不觸及任何人事物，僅僅是存在，就會消耗魔力。

現今不同了。

他曾對雷剛說的惡言，導致懷疑的種子，在各處生根發芽，細細密密的滿布硯城內外，蠶食姑娘的影響力，使得管轄疏漏，邪祟就有機可乘。

是他種的惡念，所以增長的惡力，源源不絕的充滿他，讓他覺得舒適、強壯，每踏出一步，就能汲取更多的惡，原本喪失的感官，逐漸恢復過來，看得見四周景物，聽得到人與非人的聲音，口鼻盈滿夏季花香，肌膚感受到日光照拂。

就是他的心，仍舊空空如也。

魔變化著，幻化為當初模樣，容貌俊逸如仙，一身白袍纖塵未染，是當初與愛妻相處時的模樣，才走入硯城中。

蓬勃滋長的惡意，以他為始，所以行走其中也能輕易隱身。

硯城主人的大婚將至，人與非人都在緊鑼密鼓的忙碌著，看不見無形的公子，只在他經過時，會感到一陣莫名森冷，心中不安的騷動著，沒有注意到原本綻放的鮮花，陡然枯萎腐敗；安眠的嬰兒，會因惡夢啼哭。

布行已經按照信妖吩咐，將上好布料染色，送進木府裡，男女的婚服都已做好，用色是雪山山麓一棵樹齡五百、兩株合抱的茶花，一是單瓣的紅、一是重瓣的紅，雖然都是紅，但細看仍有微微不同。

據說，婚服已經製成，繡紋用的是綠得近乎黑的色。

婚冠也完工。

細細金絲掐編成冠底，再堆出枝葉，冠沿裝飾圓潤珍珠，遮面的垂簾用串串小珍珠，只待大婚那天，由姑娘選取鮮花搭配。

姜家婚轎鋪也加緊練習，轎夫們隨鑼聲響落，步伐有條不紊，鑼鼓隊個個精神抖擻，敲擊吹奏都很盡力，維持最佳狀態，等著大婚那日表現給眾人欣賞。

青年男女們練著扯鈴，彼此默契極佳，繩上響鈴豔如飛花、聲音清脆。俊朗青年的腰間配戴嬌美女子送的香囊，互望時情意流轉。

要獻與木府主人的用物，也都準備妥當，包裹著紅綢金繡。

為了慶賀，大婚當晚將大擺宴席，讓人與非人能參與同樂。酒樓裡的大廚、或替人做婚席的料理高手，都囤備各種食材、各樣好酒，預備大展身手，就連鬼也有鬼席能吃，人與非人全都同歡共慶。

公子都看在眼中。

這一切好熟悉，跟他當初要迎娶雲英時太相似。

但，相似的只是表象。

人與非人都笑容滿面，心思卻有不同。

啊，在暗地裡茁壯滿滿惡念，孳孳不息的湧入，讓他強大得近乎陶醉，偏更能隱藏形跡。

這要歸功於左手香。

魔化後的她，找到魚蟲之病復發的呂登，用白皙美麗的雙手掏出他胸腹間蠕蠕而動的魚蟲，也用那雙手蠱惑，讓愛慕至深的他，甘心依照她吩咐，不吝惜銀兩，招來人與非人暗中聚會。

這些年，有人與非人受恩於姑娘。

但也有些人與非人，被公子與姑娘間的爭戰影響，因此受災或虧損。

因崇敬姑娘的人與非人多，所以受災有禍的，不論是無辜被波及，或是貪念太盛所致，都不曾出口怨怪過姑娘，甚至就連想都沒想過。

呂登提供場地，讓受災的、虧損的、過得不如意的人與非人聚集，相互吐露出遭遇，將錯事都引向姑娘。

賣菇菌的王欣因貪財，虧得血本無歸，將妻子罵回娘家；賣梳篦的簡益好色，被桃花精迷惑，落得妻離子散；縱虎歸山的不具名者惡毒，因姑娘為蝴蝶借道，被獸性大發的虎抓得滿身傷，保住性命卻虧光銀兩……

還有太多太多太多太多。

明明是自身有錯，卻不願承擔，因呂登提供的茶水、以及眾人的言語，說著說著就信以為真，以為是受姑娘所害，深深的恨了起來，不再去追究原由，更別說是反省。

人言散播出去，被重複重複再重複，每被說出一次，就多一層力量，在心中扎根。

那很細很細的根，包裹原先堅不可摧的敬重，隨著言語被重複，力量就愈是強大，敬意終於破損成粉末，由黏膩稠黑的憤恨取代。

呂登的聚會每多加一人，尊崇姑娘的人與非人就少了一個，咒恨姑娘的人與非人就多了一個，就這麼此消彼長，不少人還攜家帶眷去參加。

就算沒去參加的，聽到這樣的言語，內心也動搖起來。

還有，寫著「福」字的黃紙，從呂登家散布出去，不論是知情的，或是不知情的，都貼黏在家中。

這一切，姑娘不會不知情。

她能役使信妖、鷃鵡，或纏綣在深深潭底的黑龍與見紅。

亂象都是表徵，重點在於雷剛，在她五百年前曾與之成親，卻又無情作為抵償的大妖蒼狼。一旦雙方大婚，喜氣就能如清澈流水，將惡言惡念沖刷殆盡。

大婚前要決定的事情太多，她盡量不跟雷剛分開，依偎在他胸口，用言語、芬芳與接觸，一再坦承訴說情意，竭力挽留他的身與心。

懷疑的芽蕊卻已侵蝕原本的信任。

曾由公子以魔爪破開封印，耐心挖開泥沙，溫柔訴說魔言的妖斧，知曉姑娘當年的騙局讓主人犧牲後，深感遭遇背叛，在他手中含恨嗡鳴，雪山大戰時狠狠重傷姑娘，差點就要了她的性命……

可恨的，就是差那麼一點。

雷剛真摯的情意，將瀕死的她喚醒。

妖斧再次被封印，藏在木府最深處，一處無人能尋見的幽暗樓房裡。

惡言在硯城中傳播，木府的結界弱了些，化身為魔的左手香趁夜入府，以姑娘髮沙遮掩形跡，找到恨意難平的妖斧，告訴它蒼狼不但前世被騙，今生也被虛情假意欺瞞。

惡言魔語讓封印開裂，再也羈絆不住妖斧。

它破開一道邪門，去找尋蒼狼的舊友們。

細小的飛蚊們從邪門而入，每隻嘴上都沾著惡念，肆無忌憚的叮咬人與非人們。雖然，飛蚊惡念只有很少很少的一些些，但是一旦叮咬入膚，小小的惡念無法撼動堅定的那些，卻能影響其他。

積少能成多，他們必須有耐心，謹記姑娘很是狡猾，也很是強大。

盟友當然是愈多愈好。

曾經因為夫人，從公子處得過恩惠的人與非人們，或許曾想平穩度日，繼續安身硯城，但惡念也影響他們，漸漸就失去良善的心，變回貪婪嗜血的獸，跟著伺機而動。

到如今，聚會說著惡言的地方，早已不只有呂登家一處。

聚會地愈來愈多，在夜裡勾結，用左手香分送的髮沙，滲入黑膩腥臭的稠液，一遍遍倒寫姑娘稱謂，一次次施下惡咒。

要不是被惡夢驚醒，從藏身處來到日光下，他就不會知曉，左手香做得這麼好，心思縝密，積累這麼驚人的魔力。

大婚將至，惡念叢生，明面上是對姑娘的敬稱，暗地裡則是對姑娘的惡咒。硯城裡裡外外，尊崇姑娘的、恨毒姑娘的，兩股勢力愈來愈強，衝突勢不可擋。

積蓄強大魔力的公子，卻覺得有些淒然。

人與非人都惦念著姑娘。

而他的雲英，卻被遺忘。

就連他，也快忘了她。

倘若忘了雲英，那打敗姑娘，再成為硯城之主又有什麼意義？

無心的魔，流著腐蝕的淚，反覆低語著愛妻的名，回想著她的模樣、她的柔情、她的言語、她的體溫、她的芬芳。

日光烈烈，衣袍飄逸的公子，翩翩來到硯城外，看見一戶農家。

農家宅院用木料與土牆堆砌，雖不如城中那些三房一照壁的住家華麗，但收拾得乾乾淨淨、溫馨舒適，屋頂下掛著抹過粗鹽的燻肉，風乾後肉質收縮，肥處晶瑩剔透、瘦處色豔如火。

門廊下有幾隻貓，有的仍饞得直仰頭喵叫，有的在日光下懶懶睡倒，每隻都肥圓毛絨，腳墊粉紅。

屋上蓋著素色的瓦，院牆攀爬許多粗壯藤木，葉薄綠淡，襯得叢叢花色更豔，枝葉末端苞葉薄如紙，三朵聚生一小叢，相聚又相疊，花色多采多姿，有紅有橙有白有紫。

這樣的花，他不曾見過。

花聚集多了，看來色豔奪目。

同樣，人與非人聚集多了，力量難以忽視。

觀花的公子顯出形跡，薄嫩的花蕾受到驚嚇，因靠近魔力，豔麗的末梢變焦捲曲，再化為灰燼散落。

貓兒發出慘叫，紛紛四散逃走。

一個老婦人從屋裡走出，瞇著眼觀瞧，因年老而眼力衰微，入目景物都模糊，但門前的白衣男人，不知怎的卻看得很清楚。

「是來買菜的客人嗎？」

她問道，拄著拐棍出門，因為在此住得久了，哪兒有物件雙眼看不清，心裡卻明白著，所以走得很順利。

公子彎起薄唇，微微一笑。

「算是吧。」

他說。

老婦人眼上矇著白翳，倒映魔的光亮，就算看不清，仍被奇詭的魅力吸引，只覺得這人格外親切，好看得就算要她掏心掏肺，也心甘情願，還深以為榮。

就連被驚走的貓，探望的眼瞳也驟然生變，該在白晝時收細成線的瞳，逐漸變大再變大，直至圓如滿月，連虹膜都有視力，貪婪的想看見更多的魔，畏懼都被親慕取代。

貓兒有靈性，能早早察覺危險，但魔的力量太強，也早早就被魅惑，全都聚來在公子的靴前翻滾討歡，柔順的嚶嚶乞憐。

「請您別走，再等一會兒、一會兒就好，」

她熱切的說，身軀顫抖著。

「我兒子就快回來了。他會採最鮮、最嫩的菜奉獻給您。」

話剛說完，門外就有個年輕有力的聲音，揚聲喊著：

「娘，我回來了！」

健壯的年輕人，戴著斗笠，拿著扁擔，腳上草鞋沾的泥已經乾硬。入門前，他先脫下草鞋，在門柱上打了打，乾泥紛紛落下，碎散成灰塵積在門外，這才能保持入門時草鞋乾淨，不把泥塵帶入家中。

「旺兒，快快快，客人要買菜，你立刻去採割。」

老婦人殷勤吩咐。

年輕人邊穿著草鞋，邊拿下斗笠，露出曬得黝黑的臉，雙目黑如點漆，生得很是俊朗，眼底眉梢都帶著笑，讓人看著就生出好感。

「好勒！」

孝順的他不敢怠慢，拿起小鐮刀就出門，到小院旁的濕潤菜地裡，採摘葉薄柄長的植物，很快就收了一把，踏著大步又回到家中。

「今天的菜都賣盡了。所幸，還留著一些，本想等到晚間，再炒給娘親吃。」

他臉上堆笑，態度和煦，寬厚雙手骨節分明、十指比例修長，指甲形狀好看，還修剪得很是潔淨，雖然長年做粗活，卻沒有生繭。

「既然您親自上門，不能空手而歸，這些就送您嘗嘗，不收銀錢。」

他送出手中的葉菜。

該是陌生的客，難以言喻的，愈看愈是親切。

尤其是娘親的態度，親暱又崇敬，讓丁旺以為，來客是不曾見過的遠親，或是對娘親有恩的訪客，總之是娘親重視的，他自然而然就敬重，沒有任何防備。

倏地，刮來一陣風。

飛揚的烏黑長髮，包繞著俊逸的臉，白袍翻飛間，淺笑的魔力太強大。衣袍白得如似霜雪，雙眸黑得如似雪山下的岩層，連藤蔓上的花都被魅惑，爆發般叢叢開放，豔麗得太妖異，爭先恐後要展現姿色，拚了命吸引注意。

原本散落的藤花灰燼，也在落處生芽，眨眼就伸枝展葉，開出的花叢叢滿滿、豔麗奪目，交互攀援得愈來愈密集，莖上的彎刺變得銳利。

花有多美麗，刺就有多危險。

丁家的庭院跟屋宅都被包圍，處處是花、遍地是刺。

公子沒去接那捧葉菜，好看的眉下雙眼深黑，將光明都吸納竭盡。

「這菜，也是我沒見過的。」

他說。

綠色的葉，片片都呈心形，葉柄很長而中空，受到魔力影響，剛被割斷的嫩莖淌出乳白汁液，生出細嫩的根，開了白色喇叭狀的小花。

「這是蕹菜。」

丁旺說著，胸口感受到壓力，像被無形的手輕壓，將字句皆盡吐出。

「硯城在雪山下，氣候較冷，蕹菜雖耐旱，但遇霜就莖葉枯死，硯城裡外旁人種都無法存活，只有我種的能生長。」

「喔？」

公子微微揚眉。

「那這些花呢？」

壓在胸前的力量，再重了一些，丁旺無法反抗，手中心形的綠葉賁長，張狂的搖曳，一葉葉似遇見愛人時紊亂的心跳。

「花名為九重葛，是炎熱處的植物……」

公子接話：

「旁人種不活，唯有你種的能生長？」

「是。」

丁旺只能點頭，持續吐出氣息。

健壯的身軀吸不到空氣，黝黑的臉龐很快漲紅，但卻不覺得難受，反而飄飄欲仙，奇異的舒暢，連意念都昏醉，想著把所知、所有都奉獻出去。

「果然，你有些能耐。」

公子滿意的說，再度望向蕹菜，看得很是仔細，心形的葉瘋狂擺動。

「蕹菜的莖竟是空的？」

中空的莖，搭著心形的葉，有缺自補。

「蕹菜又稱空心菜。」

丁旺虔誠的說著，語氣愈來愈恭敬。

「菜，空心能活？」

「是啊。」

耀眼的魔，笑中帶著淒涼：

「那，人如果空心呢？」

丁旺跟著笑：

「您說笑了，人空心的話，肯定就沒命了。」

老婦人也笑著，神情無比陶醉，渾濁的雙眼卻流出滾滾熱淚，因感受到魔的情深而流淚不止。

「是了，人空心沒命……」

公子自言自語，微微發光的手撫到胸前，白袍瞬間被侵蝕發黑，裸露出的內裡漆黑無物。

「魔呢？」

丁旺的眼睛也流出淚水，強健身軀顫抖著，嘴中嘗到淚，溫溫的、鹹鹹的：

「我不知道。」

公子悠然嘆息。

「魔空心，會忘。」

他說著，眉宇間前所未見的露出憐憫的神色，看著丁旺的眼神帶著歉意。

「我不能忘記妻子。」

丁家母子被蠱惑，同時點頭，同時流淚，同時說道：

「您不能忘記雲英。」

「心形的葉對我無用。」

蘿菜自責的枯敗，綠葉綠莖都變黃，很快爛壞在丁旺手中。

魔一言一語，說得很懇切：

「我需要你的心。」

丁旺發出極度幸福的喘息，那雙能種出異地花草、寬厚健壯好看的手，扯開娘親縫製的衣衫，裸露出胸膛，用割菜莖的小鐮刀一劃，就露出怦跳的、健壯而年輕的心。

他親手剜出鮮活的心，捧送到公子面前，胸前、手上都不見鮮血。

雖然沒了心，但他仍帶著笑，感受不到半點疼痛，無比崇敬的奉獻。

「請用。」

掌中的心怦怦跳啊跳。

魔伸出手，拿起鮮活的心，放進空空的胸腔中貼補，漆黑的內裡，因心跳而曖曖有光，魔力集中後隨心跳一再增幅，很快再生血肉骨骼肌膚，連白袍也變得完好，發出淡淡光芒。

黑暗的光輝，刺眼又眩目。

「謝謝。」

連他也訝異，自己竟會說出這句話，而且還是意念真誠。

「我會記得你，也會告訴雲英，是你幫我記住她。」

白袍飄逸，魔轉身而去，經過處花開燦爛、雲破天青。

丁家被瘋狂生長的九重葛包圍，母子都帶著笑意，在豔花彎刺中安息，丁旺跟娘親仍有氣息，他的身軀護住年邁娘親，莖刺沒有刺著他的身軀，甚至連衣衫都沒有觸碰到。

魔的謝意保護著他們。

公子愈走愈遠，愈來愈靠近硯城，源源不絕的魔力讓他意念清晰，記起那些不能忘記的點滴。

點翠鳳冠下，柳眉彎彎，雙眸像最美的夢，望著他時柔情似水，紅唇笑中藏羞，肌膚溫潤如玉……

他記起來了。

關於雲英的笑、雲英的愁、雲英的情、雲英的溫度，以及她與他曾在木府中靜謐深夜裡相擁時，與他呼應的心跳。

關於愛妻的一切……

那些讓他不惜成魔，受盡無人可想像的萬般折磨，一再被打擊得破碎得幾近為無，也要拖著殘餘精魂，竭力要消滅姑娘的理由，比他初魔化時更強烈、更執著。

這顆心，力量果然比較強。

魔感動的回想。

木府的主人，就是硯城的主人。每任繼承者，都出自硯城內……直到這一任。

這任的木府主人，那狡黠多計的姑娘，是第一個誕生在外地的繼承者。她曾在五百年前，就執掌過木府，卻在成為神族後，再度回到硯城。

除開這個例外，當一任木府主人進駐，有資格的繼承者就會出現，初時只有些異能，跟尋常的人與非人差別很少，除了現任的木府主人，幾乎沒有旁人會發現，需要歷經觀察與引導。

而丁旺，就是下任繼承者。

左手香吞下姑娘的髮沙，削減壽命與力量，窺得這隱藏很深的祕密。但是，她知道了，卻沒有告訴公子，留著丁旺健壯的體魄，要確保她的愛人吳存，能與她長相廝守。

說來諷刺，要不是左手香處處籌謀，累積這麼多的惡力，他的魔力才能超越顛峰，前所未有的強大，察覺到硯城外，丁家宅院裡那異乎尋常的微光。

那樣的光，他能辨認得出來。

成魔之前，他也曾是木府的主人。

現在，他有了心，更懂左手香的私心。

她要守護吳存。

而他，要救出被封印在雪山下，已經被抵償了數年的愛妻。

相比之下，他真的比她更需要這顆心。

惡念回應著魔心，震盪鼓動，連綿十三峰的雪山都受到影響，山巔落雪，裸露出從遠古之前，就被白雪覆蓋的古老岩層，扇子陡的主峰銀光閃爍。

魔輕輕一揮，止住了雪崩。

他近乎憐愛的望著硯城，不要傷及人與非人，因為雲英溫柔，不會願意他傷及無辜。

他要消滅的，只有姑娘。

魔這麼想著，徐緩的藏身入地，靜臥在硯城下深之又深處，等待大婚那日，當鑼聲響起，才是計畫開始之時。

魔閉上雙眼，懷著溫暖的心，一遍又一遍回想愛妻。

拾壹

獨活

日出。

陽光照耀雪山，從最初的淺黃，隨著太陽升起，終年積雪不化的山峰逐漸變得雪白，麗麗如金、輝煌耀眼。連綿十三峰秀麗挺拔、巍峨壯觀，霞光透過雲層射出，為了這重要的日子，雲朵逐一散去，不敢遮蔽湛藍天際。

木府的主人、硯城的主人，將在今日大婚。

姑娘將與雷大馬鍋頭成親，是件天大喜事，硯城裡的人與非人全都戰戰兢兢。

姜家婚轎鋪的人們天色未亮就醒了，全打起精神，將要用之物檢查再檢查，不論鑼鼓隊、轎夫們，個個都穿著簇新紅衣，相互調整衣衫，怕帽子戴歪了，或是哪個衣扣沒繫妥，就怕哪兒有缺漏。

長子最是謹慎，把銅鑼擦了又擦。

這是他擔任執事以來，最重要的一趟差事。

體貼賢慧的妻子，將一切瑣碎事都安排妥當。因為很重視，連花轎都翻新，流蘇重新綁上花結，帷幔繡的是重瓣的茶花，素雅而精緻，處處可見用心。

確認事事妥當，姜家長子看看天色，深吸一口氣，走到門前對鑼鼓隊與轎夫們，朗聲宣布道：

「該要出發了。」

他嚴苛的審視隊伍，重複眾人已深記入心的路線：

「咱們先去木府，請姑娘上轎，繞硯城主要街道，才再回到木府。記得……」

話未說完，門前晨光中，落下一道身影，眾人皆愕然。

未曾見過的女童漂浮在空中，紅襖綠裙輕輕款擺，童顏絕美，看來約十歲左右，水靈靈的眼眸卻有千歲智慧。

從被破嵐劈開的邪門，進來各形各色的非人，都是蒼狼的舊友，應了妖斧之約，睽違五百年同日再來到硯城。

長著一對長長彎角，手持鐵棍，茹素不食肉的牛頭人，落在硯城西方的識字牆前，遮住該落在牆上的光，整面牆都陷在陰影中。

從東方大海扶桑樹飛來的三足金烏，每根羽毛都宛如金絲，收斂燦爛雙翅，翩然落在硯城東方的百子橋前。

白衣絨領、皮膚毫無血色，唯獨雙眼赤紅的月宮白兔，出現在硯城南方水質清澈、四周砌有古老石欄杆的蝴蝶泉旁，倚靠著大合歡樹。

形狀似牛、身高幾丈高，雙眼綻放藍光的患，來到已經破敗無人的來悅客棧舊址，探頭望著屋內碎破的酒甕們，邊舔著唇邊嘆氣。

樹醫柳源家的大槭樹旁，一棵綠苗破土而出，眨眼長大又長大，很快高過大槭樹，生出四肢身體與五官，龐大的樹人眼眸深邃、膚色灰綠，腳有七趾，下巴的苔蘚如鬚般飛揚。

劉家胭脂鋪來了個男客，面如冠玉、衣色淡金，背後有九條蓬鬆長尾，色澤光亮、華麗無匹，條條飄逸輕舞。他扭開精緻盒蓋，先聞了聞盒中潤豔紅膏，再用尾指的指尖挑起一些，細細抹在唇上。

鳥頭人身、羽冠飛揚的大鵬金翅鳥，金眼堪比日月，脖頸細長、體態雄健，生有六翅，翅翅如劍、皆有明火，喙爪是鐵、角是金剛，現身在警戒的黑龍與見紅面前。

不曾見過的非人愈來愈多。

因為是從邪門而入，不需遵守硯城的規矩，不受姑娘的力量影響。

尖銳的呼嘯聲，從很遠很遠的地方傳來，愈來愈近、愈來愈近……

終於，破嵐回來了。

鋒利斧面飛旋，劈開湛藍天際，光明後的陰暗洩漏點點璀璨星子，驚雷之勢削過雪山之巔，震動連綿十三峰，也震動整座硯城，黑龍潭劇烈晃動，水花噴濺幾丈高，被震出深潭的水族們頭暈腦脹、伸鬚抖爪。

人與非人都抬頭望去，目睹藍光熠閃的妖斧闖入木府，姑娘設下的重重結界竟不堪一擊，全在斧刃下層層粉碎。

它激動又熱切，穿堂過室時每棟樓都轟然坍倒，遍地磚石被強大氣流吸起，裸露古老岩石。身披紅綵的灰衣人們被削去頭、四肢，或是被捲入氣旋，都恢復成一張張灰紙，無力的飄啊飄。

重樓碎裂處，身穿紅色婚服的高大身影一躍而起，凌厲且矯健。未取大刀的雷剛，搶在木府被破壞得更徹底前，伸手迎接來勢洶洶的妖斧。

「破嵐，」

他出聲喝令，語聲鏗鏘。

「停下！」

瞬間，攻勢變緩。

妖斧乖馴的在男人面前緩緩停下，殞鐵的柄傾斜，探進他張開的掌中，陶醉不已的感受久別重逢，聞見他魂魄中雖然稀薄，卻深切不忘的熟悉氣味。

當雷剛本能握住斧柄，斧面淺刻的古老文字亮起，隨破嵐興奮的震顫一再輻射而出，夾藏在其中的力量迸出，毀去紅色婚服、烏紗冠帽，紅與黑都化為粉末碎散，青黑色光芒籠罩雷剛全身，從細微處一股股放大再放大，組織成蒼色衣袍，恢復前世模樣。

奔騰的力量再鑽入神魂，毀去最後一層被下的封印。

他想起了不該想起的事。

同時。

被呼嘯聲喚醒的魔，在硯城底深深處，徐緩睜開眼，離開蟄伏之地，悠遊往上到地面來，不論泥沙或巨石都自動分開，不敢阻擋他的去路。

隨著公子上浮的，還有藏在磚石下，夏初時只是小得近乎看不到的芽，歷經時間生長，又被散播的惡咒滋養，如今已在各處茂密深植的魔言。

受公子力量影響，本該是黑膩腥臭的魔言，變得通體透明，柔順無刺，竟還生出近乎神聖的光輝，誠摯拜服在飄逸白袍下。當宛如玉雕、微微散發光芒的手，愛憐的輕撫時，魔言強壯蓬長，末梢亂舞。

私下傳播的惡言與惡咒，藉勢浮現出來。

飛蚊殘軀拼的「口」，在磚上、在牆上，遍布硯城內外。在人與非人的衣衫、肌膚或皮袍上，曾有蚊屍殘留處，就現出淡淡墨色的「口」，上下左右的挪動著，欲說其言。

眾多人家裡，黏貼在家中，寫著「福」字的黃紙，白中透著淡淡紅色的不明顏料流轉起來，靜棲其中的惡念，這時才開始活動，抖落再不需要的偽裝，一「口」在其上，四「口」聚合的字，在紙上扭曲著一張一合。

逆寫姑娘稱謂的木牌。

人與非人暗地說過的言語。

被喝下入喉、聽過入耳，被刻意引導，渾然不查真假，卻毒劣過砒霜，能侵蝕意念的人言。

曾受恩於公子與夫人的，以及貪財的、好色的、多疑的、傲慢的、忿懣的、嫉妒的、怠惰的，或本就無法分辨是非的，都被惡言腐壞理智，對姑娘的敬意消弭殆盡，進而深惡痛絕。

守護硯城、解決紛爭的被汙衊，傳播惡言的卻被膜拜。

破嵐的極端恨意，將惡言的力量推到極致，一切都被顛倒。

原先的竊竊私語，現而能光明正大傳誦。最先吞下人言，在家中密籌聚會，將惡言說得婉轉好聽，令人防不勝防，耐心又別有居心散布，墨綠無光的雙眸眨也不眨的呂登張口：

「姑娘不可信。」

第一批受到呂家招待的人與非人，雖身在不同處，未能聽見呂登語音，口舌心意卻相同，跟著說道：

「姑娘不可信。」

接著，被第一批招待者帶著前往呂家，或是被招待者的親屬好友、以及親屬的親屬、好友的好友，與第二批被招待者們再說道：

「姑娘不可信。」

如此層層疊加，一批又一批被招待過，或由呂家分散出去，成立新據點的人與非人，以為得到敬重、收穫友誼，或是貪小便宜的，都將所聽言語散播出去。即使是無惡心，不去追究原由，錯失思考機會，跟著說出同樣言語的，同樣具有削減敬重姑娘的效力，還說著說著就信以為真。

「姑娘不可信。」

黃紙上五「口」齊聲，邊說邊滴下白中帶著淡淡紅的液體：

「姑娘不可信。」

遍布硯城內外，牆上、磚上、地上；銀匠程奇、扯鈴的俊朗青年與嬌美少女、茶莊學徒、賣油條的攤主、學堂裡的孩子、墳裡僅剩枯骨的鬼，就連信妖的白衫上，小卻多不勝數的「口」們也同時說道：

「姑娘不可信、姑娘不可信。」

重複再重複的惡言，逐漸形成山呼海嘯之勢，迴盪在雪山下，同聲共語時力量強大無匹。

黑膩黏稠聚合，先構成一根根比上好絲綢更柔更軟的髮絲，再是濃色衣衫，衣衫下浮現纖瘦女子身軀。汲取豐沛惡念的髮絲，從黑膩漸漸變成墨綠，冉現出的清冷容顏比以往青春，而她那雙白裡透紅、掌心柔軟、指尖如櫻花般粉嫩的手，更是前所未有的美麗，讓人一見就失去神魂，只能全心全意愛慕。

悉心主導一切，魔化的左手香現身，受惡念滋養，她的力量強得詭譎難測。

逆寫姑娘稱謂的木牌，有姑娘的髮沙，也有她泌出的稠黏惡意，一次次的微光閃耀，詆毀姑娘的同時，讓她備受傾慕。

太耀眼的魔，綺麗得近似神族。

「吳存呢？」

公子嘴角帶笑，好奇的問道。

左手香看也不看他。

「他不需知道這些事。」

她將愛人保護得很好，屏蔽在危險之外，甚至撫去他的擔憂，無憂無慮只一心與她相戀，連此刻震動硯城的大事都不知不覺。

「太可惜了。」

公子嘆息著，真摯中又透著捉摸不明的興味盎然。

「他若是知道，妳為他做了這麼多，該會多麼感動，肯定對妳情意更深。」

左手香沒有言語。

她不透露愛人的形跡。

一如她不透露，將公子魔心軟的部分藏在何處。

丁旺被取心，的確讓她不滿。但是，她與公子已是同盟，有共同的敵人。眼前，必須先解決最棘手的問題。

信念缺失，敬重缺損，平衡已經偏移，信任姑娘的已所剩不多，卻還不能輕忽，必須徹底消滅姑娘，一勞永逸。

鸜鵒最晚投誠，雖有能耐，但信任最少，早早護著有孕的妻離開木府。

「姑娘！」

信妖在眾人眾妖裡，焦急蹦跳叫嚷著，衣衫上的小「口」持續增生，接著叫喚，聲音竟更大：

「不可信。」

「不、不是的！」

他護主心切，四角捲起胡亂撲打著小「口」，擊碎蚊屍留痕，偏偏斷痕再組，變小卻也變多，說得更響：

「不可信。」

眨眼間，連五官都被小「口」攻陷，信妖癱軟在地，衣衫最紅處的姑娘印記，也被侵吞漸染，嫣紅色澤被黑膩稀釋得再看不見。

「該死的傢伙，到這時候竟不中用了！」

黑龍氣惱罵道，鱗片倒豎抖落小「口」，張嘴噴出炙熱龍火，阻擋上攀的層層陰險黑膩，雖然能一時烤得黑膩乾化碎成細粉，但粉末不依不饒，即使碎得再小，摩擦時仍發出聲音。

豔紅帶金的薄紗抖動環繞，見紅以龍神之力，取得殘存的清淨之水，堅定護在情人身旁，偏偏黑膩與粉末落水，汙染潔淨、添進惡毒，讓薄紗的末端從豔紅漸漸染灰。

「護好妳自己！」

黑龍急吼。

她在危急時，望了他一眼。

「護住你更重要。」

她說，染灰的薄紗變黑。

雙龍自顧不暇，大鵬金翅鳥面露忿怒、髮羽飛揚，手臂環釧鏘鋃作響，六翅明火大盛，熊熊火勢撲向黑龍與見紅，蒸發淨與不淨之水。黑龍的龍火與見紅薄紗匯做一處，焰中帶紅。大鵬金翅鳥雖是龍蛇剋星，但雙龍情深，為保護彼此而強大，一時竟分不出高下。

鏖戰之際，青光霹靂劈落，切分幾乎失控的焰火，雙方得以喘息，視線往同一方向望去。

雷剛握著妖斧走出木府。

終於，這天到了。

偌大的木府破敗無人。

結界破碎後，惡言之力流竄進木府，人與非人都不敵，四季花朵失序綻放，雖開得燦爛卻都失卻顏色，芬芳太過濃郁，甜得近乎腐敗。不僅是花與樹，就連磚石都被玷汙。

該是歡騰喜慶的大婚之日，這會兒竟聽不見半點動靜，就連震天作響的惡言也停了，靜謐得太不祥。

無人伺候的姑娘，獨自穿起嫁衣，她穿上的嫁衣，是五百歲樹齡的兩株合抱茶花，重瓣的那一色，而嫁衣上繡線用青得近乎黑的蒼色，是他前世為皮毛、今世為衣衫的色。

這都是她特別選的。

白嫩的小手拿起婚冠，因沒有鮮花可用，金絲掐邊的枝葉就圍繞著她烏黑的髮。她將遮面的小珍珠串分開，撥掠到耳後，清麗的小臉不施脂粉。

穿繡鞋時，珍珠流蘇在耳邊嘩啦嘩啦輕響。

眾口鑠金、積毀銷骨，她的力量所剩不多。

姑娘一步一步走過碎裂樓台、無磚的泥地，來到木府的石牌坊前，面對魔化的公子與左手香，以及傳播惡咒、心懷惡念或被惡言影響，因蚊毒發作而不信她的人與非人們。

還有，手持妖斧的雷剛。

就算雪山坍塌、硯城破碎，花不再是花、沙不再是沙，存在的一切都不存在，只要雷剛的心裡有她，她就不消不滅，能化解千難萬險，即使對抗魔化的公子與左手香，以及那些同謀，她也不畏懼……

而他，如今卻站在她的對立面。

「我們都在等妳。」

公子來到雷剛身後，看著身穿婚服的姑娘，語音和善、聲調悅耳，所說的每個字都伴隨微光，落到潔白衣袍上，再滾落到地上，魔言持續茂盛生長，由腳處悄悄入體，鑽入人與非人的心中。

仍有大妖的舊友們陸續到來，觀望此時景況。

「魔告訴我，妳連他的夢都干預。」

他憐憫的搖頭嘆息，流轉幽光的雙眸看了看一身蒼色、僵硬如石的雷剛。

魔化前，他曾收拾魔。

得了丁旺的心後，不僅對雲英的記憶回來了，妖與魔物也畏懼魔力，紛紛前來侍奉，爭相把所知都吐露給他，而魘雖然微小，但窺見的卻很關鍵。

「他在夢中看到的，都僅是妳想讓他看到的。」

公子一字一句，說得慢而清晰，聲音雖不大，但現場的人與非人都能聽見。

一旁的黑龍咬牙，暴跳如雷，七竅都冒出煙。

他厭惡極了姑娘。厭惡她的隨意役使、她的故弄玄虛、她的多管閒事、她的詭計多端，曾想親口把她狠狠咬碎。

因為厭惡，所以他瞭解她。

「喂，那女人最在乎你，不可能做出對你不利的事！」

他曾被蛇鱗所惑，怒闖木府，看見她躺臥在雷剛懷中，在隱蔽能力時最脆弱，只信任這人……不，是這鬼……的守護。

那時，雷剛嚴凜伸出一指，就讓他這個堂堂龍神動彈不得。那股力量，原來是殘留在魂魄裡的妖力。

黑龍的竭力吼叫，尚未傳達出去，只在近處就被小「口」爭相吞嚥，無法傳播出去，不能有任何影響。

魔的聲音又問：

「真相是什麼？為什麼非要瞞著他？」

因有愛有恨，又愛又恨，遂由愛生出極深恨意的破嵐，斧面凜凜藍光帶著一絲黑，受到魔的言、魔的力催化，斧刃迸出一線，而線很快擴大再擴大，形成一面薄透的膜，浮現在眾人面前。

薄膜上浮現的，是姑娘。

清麗得像十六歲，卻又不是十六歲的容顏，清澄如水的雙眸、纖纖長睫眨動時，眸中水光盈盈，格外惹人憐愛，讓人與非人都沉迷。

長長的、烏黑髮絲泛著柔和美麗光澤。粉潤的唇瓣，輕輕微笑時，足以讓硯城內外所有花朵自慚形穢，引來無限愛戀。

薄膜上的幻影，是五百年前的姑娘，跟現今穿著嫁衣的她實體相疊，穿著與打扮不同，神情也不同。幻影裡的她，唇瓣噙著笑，姿態柔弱無骨，用脆甜的嗓音說著：

『我最在乎你，卻不愛你。』

她這麼說，笑得天真無邪，沒有一絲一毫的罪惡感。

『都是虛情假意。』

曾發生過的舊事、曾說出口的言語，被當眾揭露。

幻影的笑，遮掩薄膜後憂傷的眉目。

受破嵐託付，從邪門而入，大妖昔日的舊友們，看到當年真相，全都面色凝重，齊齊望向站在幻影最近處，將前世點滴看得最清晰的雷剛。

紅襖綠裙，雖年已千歲，模樣仍是女童的蔘娃，最先走上前來，語重心長的勸說著：

「崑崙，你不能再信她。」

她喊出他前世的妖名，因深知好友重情重意，所以更為他的經歷痛心。

「是破嵐讓我們知道，五百年前你被她欺騙，竟為這座城犧牲，而她撇下你獨活，還成為神族。」

蓼娃轉頭看向姑娘，斬釘截鐵的說道：

「崑崙，此女不可信！」

手持鐵棍的牛頭人、羽毛燦爛的三足金烏、雙目赤紅的月宮白兔、身高幾丈的患、全身長滿眼的太歲、膚色灰綠的龐大樹人、面如冠玉的金毛九尾狐，還有喙爪是鐵、角是金剛的大鵬金翅鳥，也憤慨苦勸。

「此女不可信！」

矮胖的黑衣鬼、高瘦的白衣鬼、穿戴紅色斗篷的小女孩、長著長鼻子，濃眉紅顏，揮舞一雙大翅膀的天狗、貌如十八九歲，手指細長如雞爪的美少女、八足的灰毛神駒、吹笛的男人、背著大布袋的富態老人等等，全都異口同聲：

此女不可信！

新的言語推動舊的言語，漸漸重疊，如似吟誦。

姑娘不可信。

此女不可信。

不可信。

不可信。

不可信。

不、

可、

信！

聲音太大，從耳入心，消弭信任，迷惑過甚就以為是真。

手持妖斧的雷剛，微微揮手，薄膜乍然破裂，現出身穿婚服的姑娘。被設下的封印破碎，所知皆是謊，先前她對他展露的情意多深甜，此時他受的傷就有多苦痛。

「為什麼？」

他問，連開口都艱難。

清澄雙眸濛上水霧，她因為有愧而低頭，落淚時的模樣，比十六歲幼小得多。婚服上的蒼色繡線，恥於為她增色，紛紛繃斷縫線，掙脫紅色布料，一縷一縷流洩落地，婚服再沒有繡紋。

「雪山生病了。」

她說出真相。

原來如此。

竟是如此。

公子恍然大悟。

「你，竟也是山藥。」

雷剛、崑崙，不論是哪個名的他，因太過諷刺的事實而苦笑。

「是妳將我埋在雪山下？」

吐出口的每個字，彷彿都沾著他的血。

她注視著他，淚落如斷線珍珠，無言點頭。

為了維持硯城的平衡，歷任硯城的主人、木府的主人，都必須在五十年責任期滿後，犧牲最在乎的那人。

上任主人公子，愛妻雲英被這任責任者姑娘埋藏在雪山底。

上上任主人，另一個公子的妻子，則是被上任公子埋藏在另一處。

而當年，卻是她親手埋藏了他，設下最難解的封印。會藉由下任主人之手，都是因為當任者不捨而無法執行。

唯獨她是捨得的。

他黝暗的雙眸裡，沒有半點光亮，痛楚侵蝕過深。

也對。

她雖最在乎他，卻不愛他。

都是虛情假意。

望見他的神情，姑娘顫顫伸出手，粉嫩的唇半張，想要再說些什麼，卻也知道此時此刻，再說什麼都是枉然。

那些她費盡所有，最要掩藏的，已經暴露無遺。

就算雪山坍塌、硯城破碎，花不再是花、沙不再是沙，存在的一切都不存在，只要雷剛的心裡有她，她就不消不滅，能化解千難萬險，即使對抗魔化的公子與左手香，以及那些同謀也無所畏懼……

然而，她已失去他的心。

最懼怕的事情，終究還是發生了。

清麗的淚容，露出苦澀微笑。

她失去他。

也失去自己。

瞬間，穿著婚服的姑娘，在眾多的人與非人眼前消失得無影無蹤。

同時，雪山山麓那棵雙株合抱的茶花樹，重瓣的轉眼葉落花凋、枝枯根死，片片花瓣都枯槁失色，只有單瓣那株獨活。

當銀杏由綠轉黃，落下第一片金黃的葉時，硯城內外再沒有人與非人記得姑娘。

秋天，到了。

後記

再次說抱歉，讓大家久等了。

之前《硯城誌 卷三 龍神》出版，跟《卷二 公子》已經相差數年，沒想到《卷四 崑崙》的出版時間，同樣以年做單位延宕。

阿心仔：「猛虎落地勢」道歉。

聖堂教母：這麼老的梗，還有多少人懂啦？

阿心仔：代表人家的誠意嘛！

《卷四》內容雖是心中有底，但是連續幾次嘗試，像是試圖用頭咚咚咚去撞硬硬的牆，撞了不知多少次，有的撞出洞、有的甚至撞出路，延伸寫下去卻不合心意，只得退回來重撞。

撞得太久沒結果，無可奈何，只好先擱下。

幾年大疫裡，阿心仔出版了全彩版個誌《玉集子》，還與春光出版再版《經典版小氣家族系列》，試著調整步伐，生活還是身心平衡放第一位，相比以往衝衝衝的寫作速度，如今的確慢了許多。

但是，我一直沒有忘記《硯城誌》。

用短篇來寫長篇故事，到底是什麼虐待自己的無敵方式？可是有難度，就有難言的樂趣，割捨不下冒險的心。系列出版跨度以年計算，是一條新闢路徑，不論是蹊徑還是歧途，路上奇花異草、幽明難分，轉角是驚喜，或是深淵萬丈，都很是喜歡。

去年傷得深重，失去珍貴的伙伴、親人離開，貓咪也去往喵星球，死生契闊難免心痛。

恰巧有個契機，總算撞出一條路，能夠收斂心神，再度書寫硯城內外、人與非人的愛恨嗔痴。

《卷四》是大戰前哨，各方步步籌謀、仔細盤算，阿心仔整個人埋在資料裡，書桌、電腦桌旁到處胡亂飛舞著，大量寫滿細節、字還醜醜的紙片，還有一本本記錄劇情的筆記本，阿心仔撐著半度燒的腦袋再三捋著劇情。

硯城自有其文字，寫時總抱著厚厚的象形字典翻啊翻，盡量契合內容。雖然，未必有人看出端倪，但能這麼寫作，就是很高興啊！

《硯城誌》這套的書寫過程很有趣。

能認識不同領域的專業，嘗試較不同的呈現方式，交稿《卷四》時編輯育婷提及，是否願意在台灣角川創作平台「KadoKado 角角者」上連載。

能有新嘗試，自然是求之不得，快樂的答應後，細節就由育婷編編去處理。途中來回討論的，都是以前單有實體書、甚至電子書時，不曾觸碰過的細節。

雖然電子平台連載，有些關於文字的部分，無法表達得完整，但是故事能讓更多人看見，總是很高興的一件事，驚喜的還有榮幸邀來插畫家「星期一回收日」的連載刊頭圖，圖中姑娘意態悠閒，那抹笑又有別樣意味。

《卷四 崑崙》裡，強調言之有靈，也揭露雷剛的真正身分。

原本計畫是《卷四》、《卷五》一起發行，不然斷在《卷四》完結，大家讀了該很難受，但是跟編輯討論，還是決定分開上市，把內容推敲得更完整，畢竟延宕這麼多年，未能以速度回應讀者們的關愛，就盡力把故事寫得精彩，回報大家的長久等待。

依循前例，篇名都是作者私自所愛，除了表面外，還偷偷塞了別的含意。

至於〈虎姑婆〉這篇，是以小時候聽過的故事做引，至今還記得，外公說這個故事時，我眼睛瞪得很大，心跳得很快。長大過程中，也聽到或讀到幾個不同版本的結局，來源各有不同，索性趁此機會，寫了個特殊版。

因吃貨本性不變，該寫得很可怕的地方，許多仍舊離不開吃吃吃吃，封面繪者呀呀老師說，看〈人言〉那篇時還看得饞了。

呀呀老師：好想吃，但吃魚會生病嗎？

阿心仔：淡水魚有這方面疑慮，海水魚可以放心吃啦！沒問題沒問題～

⁂

按照計畫，大家拿到《卷四》時，《卷五》已經完成。

聖堂教母：……懷疑的眼神 ㄉㄩ。

阿心仔：怎麼了？

聖堂教母：妳已經食言好多次了。

阿心仔：啊啊啊，人家盡量啦盡量啦！

《卷五》會是《硯城誌》系列的完結，硯城裡人與非人的恩怨情仇，將在下一本迎來終章，愛與恨、信與不信，糾葛不清的，都將在《卷五》道分明。姑娘、崑崙、破嵐，魔化的公子與左手香，以及其他各角色終局如何，都請再等等喔，我會努力寫出來的。

謝謝各方人士，對我的關懷與疼愛，有你們在，我才能創作至今。

關於新書訊息，還有宣傳事宜，都會在台灣角川的官方ＦＢ，以及典心小舖的官方ＦＢ公布。

大家下本完結再見囉。

台灣角川官方ＦＢ：https://www.facebook.com/tw.kadokawa/

典心小舖官方ＦＢ：https://www.facebook.com/heartnovel/

２０２３夏　典心

國家圖書館出版品預行編目資料

硯城誌. 卷四, 崑崙/典心作. -- 初版. -- 臺北市：臺灣角川股份有限公司, 2023.08
面； 公分
ISBN 978-626-352-822-2(平裝)

863.57 112009610

Kadokawa Fantastic Novels DX

硯城誌 卷四 崑崙

2023年8月10日 初版第1刷發行

作　者：典心
插　畫：呀呀
發 行 人：岩崎剛人
總　監：呂慧君
編　輯：陳育婷
美術設計：林慧玟
印　務：李明修（主任）、張加恩（主任）、張凱棋
發 行 所：台灣角川股份有限公司
地　址：104台北市中山區松江路223號3樓
電　話：（02）2515-3000
傳　真：（02）2515-0033
網　址：http://www.kadokawa.com.tw
劃撥帳戶：台灣角川股份有限公司
劃撥帳號：19487412
法律顧問：有澤法律事務所
製　版：尚騰印刷事業有限公司
ISBN：978-626-352-822-2